Alejandro Gándara

Ciegas esperanzas

Alejandro
Gándara

Ciegas esperanzas

Premio Nadal 1992

Ediciones Destino
Colección
Áncora y Delfín
Volumen 683

Consell de Cent, 425. 08009 Barcelona
Primera edición: febrero 1992
ISBN: 84-233-2158-4
Depósito legal: B. 281-1992
Impreso por Printer industria gráfica, S.A.
C.N. II. 08620 Sant Vicenç dels Horts (Barcelona)
Impreso en España - Printed in Spain

A Begoña Cerezo

1

Una mancha roja derivaba hacia la derecha arrastrando un capote negro. Esas dos luces dividían el cielo y también los ojos del hombre que estaba tendido. Cuando la mancha se encogió en un lado del horizonte, el capote fue dejando una noche blanqueada, pero sin estrellas, como si esa clase de oscuridad se resintiera con un resplandor tenue del universo que estaba cubriendo.

Empezó a incorporarse con una sensación de cuerpo dormido, aunque los músculos respondieron sin esfuerzo y sin dolor. Le sorprendió esa obediencia que estaba separada de él. Se quedó sentado en la noche visible, mirando alrededor. Al final, todas las miradas volvieron al cuerpo inseguro que continuaba despertando bajo ropa color arena, con bolsillos grandes en la pernera y en el pecho y un cinturón de cartucheras. En el chaquetón llevaba un escudo.

—¿Es un soldado? —preguntó en voz alta como si se dirigiese a otro y hablara también de otro, sospechando que la palabra había aparecido antes que el significado de la palabra.

Respondió encogiendo las piernas y abrazando las rodillas. Soldado. Por el vacío de la cabeza pasaron nubes altas de polvo que hacían un ruido de piedras contra superficies duras. Un ruido continuo. Fue todo lo que encontró en la palabra «soldado». Había apretado las rodillas hasta que empezaron a doler y pensó que la palabra soldado tenía que ver con aquella forma de sujetar el cuerpo.

Desató su propio nudo a medida que se iban marchando las nubes y el ruido. Volvió a mirar afuera y comenzó a levantarse. La noche, con su resplandor apagado, se curvaba en el horizonte como si sostuviera en vilo un islote vagabundo de tierra.

Cuando se puso a andar, notó que el suelo se descomponía. No vio árboles, montañas, ni otras marcas. ¿Un desierto?

Imaginó el desierto y el hombre que lo atravesaba. Caminar por la noche y protegerse en el día, pensó. Sobrevivir. En el suelo que se deshacía en los pies.

Sentía las fuerzas, pero también una presión vacía desde la cabeza a otras partes. Una carencia general —quizá de no haberse alimentado— que acababa en la sensación de estar despertando, despertando siempre.

Vio que estaba detenido ante el río cuando hacía tiempo que estaba detenido ante el río. El río lleno y poderoso que se había cruzado en el camino inconsciente. El agua corría en el sentido en que había desaparecido la mancha roja del cielo. La impresión, por su abundancia, tuvo algo de irreal y el pensamiento tardó en registrarla. Pero las aguas seguían allí y el camino estaba cortado.

Un río. La noche le daba un volumen neutro, pero indiscriminado que tal vez lo agrandaba. Miraba la otra orilla, seguro de que no podría llegar. ¿Cuántos pasos?

Ni árboles, ni montañas: un río que no podría atravesar. Estaba allí y era más fuerte que cualquier dirección probable. El vacío de dentro se transformó en un agotamiento preciso. Se escurrió al suelo y volvió a quedarse sentado, con los ojos salpicados por el brillo superficial que el agua recogía de aquel cielo.

Creyó estar dormido y despierto a la vez, suspendido —como el islote en el horizonte— de un punto del universo sin suelo.

Miedo. Un miedo absoluto a no volver a tocar tierra y a volar como las nubes que había visto. Hizo un esfuerzo por mantener los ojos muy abiertos y escapar del vértigo. Entonces descubrió al hombre que le miraba desde la otra orilla.

2

No era más que una figura plana —un recorte de sombra— que le miraba con un reflejo de sus propios ojos inmóviles. Estaba de pie, quieta, como si hubiera llegado al borde del río y dudase. El perfil de un hombre. De un hombre desarmado, pensó con aquella conciencia instantánea que parecía imponer el flujo rápido del agua.

Dejó de sentir el vértigo a medida que la imagen iba entrando y llenando el ojo. A pesar de mirarle, el cuerpo del hombre no le apuntaba directamente. Enseñaba su costado derecho, con las piernas separadas en el gesto de echar a andar enseguida hacia la misma derecha o de retroceder por el camino que el río había obstaculizado. La noche era menos densa fuera del extraño. Cabía más oscuridad en aquel recorte que la que estaba repartida por lo inmediato. Sin embargo, podía sentir su mirada y la postura que ya no era la de alguien que duda ante lo imprevisto, sino la del que ha llegado a un punto en el que puede calcular.

Se dio cuenta de que ya no estaba sentado cuando retrocedió el primer paso. El otro había separado una mano y hecho un movimiento que la primera vez no pudo interpretar. La mano voló por el aire del costado y después se volvió hacia el pecho. Por la postura del extraño, el movimiento no era demasiado visible. El gesto dejaba un codo de luz exterior entre el brazo y el cuerpo.

Lo repitió varias veces sin cambiar de posición, como si fuera una señal acordada que se reconocía con indicios y no hubiera más posibilidad que interpretarla de una única manera. El extraño creía, entonces, estar comunicándose con alguien conocido o, por lo menos, con alguien esperado. Un paso atrás. La mano seguía moviéndose. Él era un soldado. ¿Un soldado? Nubes de polvo y ruido de pedrea. ¿Quién sería entonces el que le conocía o le esperaba? ¿Otro soldado? No fue capaz de distinguir, metidos en el recorte de sombra, ni las cartucheras, ni los bolsillos grandes, ni el color de la ropa. A un soldado le espera otro soldado. Pero esa conclusión se quedó volando en la incertidumbre de lo demás.

El extraño había cambiado el paso y ahora miraba de frente, por encima de la corriente de agua, olvidando el camino de la derecha y el camino que volvía. Las manos empezaron a subir desde la cadera y a tocar —casi seguro que tocaban— el pecho en un gesto más perentorio que antes, con la fuerza de estar levantando un peso invisible en el ascenso y con una brusca descarga de ese peso cuando llegaban arriba. ¿Un desafío? ¿Era decir ven aquí y ven aquí si puedes? ¿O sólo decía vamos, vamos de una vez?

Miró alrededor y retrocedió otro paso. En alguna parte habría, por mínima que fuese, la indicación de un sitio al que se pudiera llegar. El reconocimiento del principio, mientras solamente despertaba, tuvo que perder cosas. Quizá sólo descubrió lo que necesitaba para levantarse y echar a andar, lo imprescindible para un cuerpo inseguro que esconde los daños en la inmovilidad. Habría algo en alguna parte. Aunque también quedaba la noche y su forma de envolver lo que existía en alguna parte. Un pasillo —en la oscuridad ligeramente resplandeciente— que comunicara con la zona marcada, árboles, montañas, con tránsito de pies humanos, de cosas humanas. En esa inspección de lo que le rodeaba y que se tradujo en precavidos giros de la cabeza, sintió ya el lazo tenso, hipnótico, que le comunicaba con la orilla opuesta.

Sólo vio la misma noche y el mismo brillo que se apagaba en la tierra lisa, la misma ingravidez del islote colgado de un cielo esférico. Nada adonde ir o adonde escapar fuera de la presencia del visitante. Antes había pensado en el río, en realidad había estado pensando en el río todo el tiempo mientras buscaba algún destino en aquel paisaje igual. Los ríos vienen de un sitio y van a otro pasando por granjas o ciudades. Quizá no había visto más que un río cortándole el paso cuando debería haber visto la flecha en movimiento que señalaba corriente abajo y corriente arriba. Ante sus ojos y al nivel de los pies. Y ahora el río era el río del extraño, no una marca o una flecha, sino el extraño. Era sólo el reflejo de dos manos y dos brazos que le decían ven de una vez o ven si tienes valor.

3

La sombra se metió en la corriente y empezó a caminar hacia él. Levantando de la superficie brillos que iluminaban el cuerpo de arriba. No se movió. Antes había retrocedido, pero ahora no se movió. Se había concentrado en la imagen sacada de los destellos del agua, movedizos como los de llamas a punto de apagarse: un antebrazo, una línea del mentón, un trozo de tela.

Empezó a componer al hombre que se iba acercando. No era fácil y no era sólo la luz —para ver algo que se resiste, ayuda mucho una idea anterior o una sospecha—. Él no tenía mucho. «Soldado» era lo que tenía, pero «soldado» era suyo, demasiado suyo como para salir afuera y juntarse con lo diferente.

El extraño había pasado la mitad de la travesía. Se detuvo y repitió los gestos. Primero lo hizo de frente y después —como si hubiera convertido en recurso lo que al principio fue un gesto espontáneo, y también tal vez producto de una rutina que el que le estaba viendo desde la orilla no podía descifrar— de costado y volviendo a apuntar a la derecha y atrás.

Un movimiento claro de la cabeza, que el extraño ejecutaba por primera vez, le indicó sin lugar a dudas que el propósito era que fuese con él, que se acercara y pasase a la otra orilla. No era como antes un mensaje a la espera de un intercambio, cuya respuesta podría haber sido una negativa, por ejemplo, sino una declaración de que el mensajero tenía que llevar a cabo un propósito. Ese mensajero ya no invitaba —al que creía conocido o al que esperaba—, sino que estaba cumpliendo una misión de la que no podía regresar con las manos vacías. Tendría que ir con él o tendría que resistirle. Eso le estaba diciendo el que venía mientras el agua rebasaba su cintura.

Ahora le descubrió. No es que le viese mejor —aunque ciertamente estaba descubriendo más partes de aquel cuerpo y el puzzle de reflejos empezaba a componer la imagen sin espíritu de una descripción física—, sino que la claridad del mensaje debió de alumbrar la idea que organizaba lo roto y disperso.

Lo que descubrió se parecía a lo que esperaba, pero también era distinto de lo que esperaba. Era un soldado, sí, pero no era un soldado como él. No se trataba sólo de la indumentaria, en la que no vio nada compartido: estaba seguro de que aquel hombre no era un hombre de su misma clase de mundo. Podía compararlo a un extranjero no sólo distinto en rasgos físicos, sino también en la forma de hacer con esos rasgos. Sin tener una conciencia nítida de cómo era él mismo —apenas unos caracteres del tipo piel blanca, vello más bien oscuro, complexión ligeramente asténica—, decidió que el otro era un extranjero y que el país del que venía estaba del suyo a la máxima distancia posible.

El rostro se compuso antes que lo demás. Era el de un hombre bastante joven, no más de veinticinco años, con pelo rubio y muy corto. La cara tenía una regularidad adolescente, sin los datos que deja el paso del tiempo. Y era también la regularidad de una cara dibujada para ser perfecta y perfecta en el sentido más convencional. Del tipo que puede gustar a muchos en un primer vistazo y que evita exámenes gracias a un equilibrio votado por la mayoría. Una cara de muchacho atractivo y sin expresión al que le basta cómo es y que no se mira en los espejos donde los demás entrenan sus posibilidades. No se miraba en espejos, no tenía nada que comprobar o defender todos los días, tal vez porque con las miradas aprobatorias de los otros le bastaba. Le pareció curioso que, precisamente por eso, si aquel rostro se proponía una amenaza, esa amenaza tuviera algo de inevitable, de convicción con la que no se podía discutir. Y el temor a ella, fuera un temor multiplicado por el mismo proyecto implacable que había modelado la perfección de los rasgos. Finalmente, una especie de fanática serenidad consigo mismo construida a base de algún código de honor o de valor acostumbrado a no fallar en momentos decisivos.

Llevaba una camisa blanca, remangada cuidadosamente cerca del hombro, que dejaba ver unos músculos armónicos y trabajados por algún entrenamiento específico, más que por un oficio que le hubiera obligado a utilizarlos. Podía sospechar, bajo el agua, un pantalón oscuro pegado a la misma clase de músculos.

Acabó con que era la indumentaria de un uniforme. Una sencillez calculada y cierta facilidad para convertirse en ropa de serie. Quizá, si hubiera que uniformar a todos los habitantes del planeta de un día para otro, ésa sería la vestimenta que, en la carrera contra el tiempo, terminaría decidiéndose.

No llevaba símbolos. También había en eso algo fanático. La ropa de un soldado está machacada de detalles, escudos, galones, insignias, diseñados contra la confusión. El uniforme del extraño no parecía considerar la necesidad de identificarse. Tal vez nadie le había confundido nunca o tal vez creía estar en el único ejército del mundo.

Podía tener el aspecto de un miliciano o de un granjero, eso no importaba, lo importante era que detrás de él se sospechaba un ejército gobernado por una idea, miliciana o granjera o ambas, y que esa idea parecía más poderosa cuanto menos visible.

De repente, el extraño bajó los brazos y se quedó en una inmovilidad instantánea, como si estuviera tensando una cuerda interna. Y cuando esa cuerda alcanzó su tope, el cuerpo inexpresivo, entrenado, saludable y fanático, se lanzó contra la corriente y la fuerza de uno y de otra chocaron en una carrera de espuma.

Él no se movió, pero no estaba seguro de que le hubiera dado tiempo a moverse. Tampoco tenía donde escapar. Podía echar a correr, aunque sólo sería eso, correr, no escapar. Además, si se iba, no seguiría viendo al extraño apartar las aguas con la fuerza que parecía contemplarse a sí misma en una especie de demostración profesional. Seguir viendo, sobre todo, el peligro que se echaba encima y verlo con los ojos muy abiertos, con el miedo fascinante a algo para lo que uno se ha estado preparando mucho tiempo y sabe que tiene que suceder. Lo que él supo entonces, y al saberlo se iluminó de un fogonazo la vida de la que en cambio no se acordaba, es que venía de un lugar en el que se había estado preparando para ese instante como si nunca hubiera hecho otra cosa. Le pareció que ese descubrimiento era nuevo y le decía más que «soldado», sin quitarle nada a «soldado». Con los ojos muy abiertos por el miedo y también por la avidez de no perderse nada de ese miedo mientras pudieran continuar mirando.

Quizá no fuera a morir, quizá lo que el extraño quería era simplemente llevarlo con él. Eso no cambiaba las cosas, porque sabía, por la violencia de la carrera y por los uniformes distintos, que tenía que resistir hasta el final: esa violencia decía que el extraño no podía convencerle con palabras y esa violencia estaba vestida de otra manera y, por tanto, la diferencia de vestido era también, al final, violencia.

El agua llegó hasta el pecho del enemigo y, aun así, pudo sentir la potencia de los músculos arrastrando la profundidad del agua. Enseguida, las piernas emergieron igual que si estuvieran subiendo peldaños en el interior de la corriente, con los muslos pegados al pantalón oscuro. Y, casi en el mismo momento, estuvieron pateando la superficie del río como si se hubieran elevado sobre él, muy cerca ya de la orilla, en la misma orilla.

Vio abalanzarse al extraño con la sensación de que alguien le había empujado por detrás y lo había levantado por encima del suelo. Cayó tan cerca, que tuvo la impresión de que los cuerpos compartían en muchos lados el mismo espacio. Pero ahí el extraño se quedó completamente detenido, con los brazos colgando y una mirada repentina de curiosidad, pero de curiosidad distante con la que se reconoce un objeto problemático y perfectamente inocuo en apariencia. Sintió en la piel el recorrido de dos bolas azules, pequeñas en comparación con las otras proporciones del rostro lavado de expresión, que señalaban la dirección del escalofrío.

Una curiosidad que tenía que ver con cosas, no con alguien y mucho menos con alguien que pueda reaccionar. Los ojos del extraño le daban vuelta como si estuvieran buscando una etiqueta de envío o algo parecido.

—¿Qué quiere? —le salió una voz aguda que no era la suya y que, de haber dicho más, se habría roto en algún sitio.

El otro había bajado la vista hacia un punto de sus pies y no la levantó. Luego, fue subiendo hasta la cara del que esperaba una contestación y se quedó en ella con un gesto que estaba entre la repugnancia y la sorpresa.

—Dígame qué quiere —tuvo la sensación de que cada sonido bailaba en su boca como una burbuja y que explotaba antes de salir.

El extraño no era más alto, pero su envergadura era el doble. Olía a arena mojada. Su aliento, en cambio, no olía a nada, a pesar de tener la boca y la nariz encima de su boca y de su nariz. Ahora la cara no le pareció tan perfecta, aunque fuera aquella perfección inexpresiva y tópica con el pelo rapado. Se le había deformado en una especie de perplejidad embrutecida, con la boca abierta y los ojos empequeñecidos como los de un miope que hace esfuerzos. Viene a cumplir una orden, no es alguien con quien pueda hablar, pensó.

—Dígame qué quiere..., por favor —dijo a pesar de todo y supo que lo dijo a cambio de no echar a correr.

Entonces sintió la mano que le cogió de la manga, no del brazo, de la manga.

—¿Qué está haciendo? ¿Qué hace? —chilló de pronto, como si hubiera estado esperando chillar desde hacía mucho y sintiera la completa liberación de hacerlo.

La mano dio un tirón y el cuerpo cazado sintió la sacudida. Las piernas se movieron un paso en el aire para hincarse después de rodillas. El extraño pegó media vuelta de una forma casi marcial y el que estaba arrodillado se fue a tierra de golpe. Mientras le arrastraban, gritó y pataleó como si no tuviera otra fuerza en el cuerpo que la de la garganta y los pies. Iba tragando arena y cada alarido y cada coz era también un esfuerzo por escupirla. Ya estaban en la orilla.

El extraño, seguro de su poder, dio un nuevo tirón a la manga, quizá con la intención de cargárselo al hombro o de llevarlo en vilo sobre el agua, y lo que consiguió fue desenfundarla del brazo con una limpieza a la que contribuyó la posición de bruces y totalmente vencida del hombre arrastrado. Los dos dudaron un segundo. El extraño observó la manga esperando encontrar un brazo dentro y el otro observó la manga preguntándose dónde estaba su brazo. Pero el segundo del arrastrado fue más breve. Con un giro brusco, más desaforado que preciso, se quedó en posición de librarse también de la manga, que era la manga de la cazadora, que todavía tenía enfundada. Sólo tuvo que volver el cuerpo y dar un golpe de hombro. Enseguida estuvo libre y rodando por el suelo, mientras su adversario se quedaba con la cazadora en la mano viéndole dar vueltas.

Echó a correr. El otro tardó en hacerlo y, cuando lo hizo, se llevó con él la cazadora, dispuesto a no perder nada de lo que había venido a llevarse.

Estaba encima pocos metros después. Sin soltar la prenda, le agarró por el cinturón de las cartucheras y le atrajo con una facilidad contra la que nada pudo el intento, ya enloquecido, de seguir corriendo y de arrastrar con esa carrera la masa íntegra de músculos sujeta al cinturón. Durante un tiempo, quizá breve en la cabeza del extraño e inesperadamente largo en la suya, llegó a estar convencido de que al final conseguiría arrastrarlo.

Poco después estaba exhausto. De espaldas al que le agarraba, resollaba como un animal al que le han estrangulado los pulmones. Él mismo se volvió mansamente hacia el perseguidor y el perseguidor le recibió con algo parecido a una sonrisa que en realidad era una boca apretada y desdeñosa. Se quedó mirando ese rictus, mirando la cazadora y mirando la mano del cinturón, igual que si leyera en un documento que la propiedad de su persona había cambiado de manos. No supo por qué pensó entonces que eso también tenía relación con la vida de la que no podía acordarse. Una vida que, fuera cual fuese, ahora estaba en otras manos.

Como en esa mano que le agarraba el cinturón y que de pronto el soldado empezó a arañar con una furia histérica, hasta sentir que la piel se abría y que nuevos tejidos aparecían en el filo de las uñas.

Volvió a correr y volvió a ser cazado. Muchas veces en esa noche. Pero el extraño no quiso nunca soltar la cazadora y eso le dio siempre una ventaja: la ventaja de enloquecer contra una única mano que tenía al otro extremo un ser completamente convencido de que con una mano bastaba. La de saber que su locura y su miedo podían resistir a una única mano del enemigo. Aunque no supiera durante cuánto.

4

—Tienes que ir, Martin —aunque también había otros que decían sólo Marti, con una dificultad extraña en la pronunciación—. Nosotros vamos contigo, te lo juramos, pero tú tienes que ir, Martin.

Martin iba mirando a las caras que le estaban hablando. Era más delgado que los otros chiquillos, pero también mucho más alto. Al final, Martin se quedó fijo en la de uno que se parecía a él. Sólo se parecía en la piel blanca, pero eso bastaba para que los dos se distinguieran del resto de los muchachos, de piel casi negra y pelo duro y crespo. También les distinguía la ropa. Los muchachos oscuros llevaban camisas y pantalones de persona mayor.

—¿Tú qué dices, Jorge? —preguntó.

—Nehedid, Larbi y yo hemos estado hablando antes de que tú llegaras. Pensamos lo mismo. Falta lo que diga Abdellah —la forma de contestar de Jorge dejaba bien claro que Martin no podría apoyarse en él para esquivar el asunto.

—Hay que darle a los Comerciantes —sentenció—. Pero pregúntale a Abdellah. Abdellah puede decírtelo.

Abdellah era el más pequeño de todos. Llevaba una pierna encogida y una muleta. En esa pierna, el pantalón flotaba.

—Pues habla, Abdellah —dijo Martin suavemente.

—Yo no tengo nada que decir. Lo que digáis todos —el chiquillo miraba a la goma donde se apoyaba la muleta y jugaba con ella como si quisiera escribir un mensaje en el polvo de la callejuela de casas bajas y azules.

Jorge adelantó un paso hacia él.

—¿Que no tienes nada que decir? ¿Eso lo dices tú? —gritó fuera de sí.

—Aquí no vendrán los Comerciantes —murmuró el cojo—. En el zoco estamos seguros.

Jorge y los otros dos le miraron con un gesto de repugnancia. Abdellah dejó de jugar con la muleta y la pegó a su cuerpo como si alguien hubiera amenazado con quitársela.

—Por lo menos, cuéntale a Martin lo que pasó —Jorge había cerrado los puños con los brazos tensos hacia abajo, en una postura algo militar.

—Tienes que hablar, Abdellah —dijo Martin poniéndose a la altura de Jorge y desplazándole un poco con el hombro.

El cojo le miró desde lo más profundo de su muleta, de una forma con la que Abdellah parecía expresar una culpa escondida, no por algo particular, sino por muchas cosas y, sobre todo, por ser Abdellah.

—No fue nada. Fue una broma como muchas veces. Nada.

—¿Nada? —volvió a gritar Jorge—. Larbi te vio. ¿Quieres que lo cuente Larbi?

—¡Calla! —ahora fue Martin el que gritó—. Lo va a contar Abdellah. Déjale en paz.

El cojo estaba a punto de llorar. Llegó a hacer un puchero raro, de niño mucho más pequeño que él.

—Yo estaba a la puerta de la tienda de Yibari a

ver si me mandaba a por algo, como todas las mañanas. Ahora Yibari no quiere que entre en la tienda y que espere allí. Dice que tengo que esperar en la puerta. Y no en la misma puerta, sino en el soportal.

—¡Eso ya lo sabemos!

—¡Tú también te callas, Nehedid! —ordenó Martin sin dejar de mirar a Abdellah.

—Entonces llegaron los Comerciantes. Estaban Botho, José Mari y Curro. Pasaron por delante sin hacerme nada, pero vi que el alemán me miraba de reojo. Después dieron la vuelta al jardín de la plaza, yo no les veía, pero sabía que iba a pasar algo.

—¿Por qué no te fuiste? —preguntó Martin.

—¿Adónde? —el cojo hizo una pausa larga antes de continuar—. Si tenían una idea, yo no iba a poder escapar.

—Entonces, haberte metido en la tienda de Yibari.

—No, eso no. Él me ha dicho que no entre. Quiero hacer recados para Yibari.

—¿Y si te hubiera pasado algo grave?

—Primero son los recados para Yibari —Abdellah miró al suelo para decirlo—. Me escondí en la pilastra, pero eso es una tontería —continuó el tullido—. De pronto aparecieron por detrás del jardín y Botho llevaba un orinal en la mano. Yo no sabía lo que había dentro del orinal. Corrí todo lo que pude, pero me cazaron. Yo quería llegar al zoco, lo tenía cerca, pero ellos se dieron cuenta y atajaron.

—¿Tú no estabas allí? —preguntó Martin de pronto, con un reproche claro, al que llamaban Larbi.

—Yo no estaba, no estaba —Larbi movía mucho las manos, más que moverlas las agitaba como si tuvieran un motor aparte del cuerpo—. Sólo estuve al final, cuando se lo dijeron. Fui corriendo a ver lo que le había pasado a Abdellah que estaba en el suelo. Ellos ya se iban marchando. Y también a mí me lo dijeron.

—Pasaban corriendo y hacían como que me volcaban el orinal en la cabeza pero nunca me lo volcaban. Yo daba gritos y pedía socorro.

—Yo escuché los gritos desde detrás del café de don Pedro —dijo Larbi—. Gritaba como un bicho degollado.

—Pero nadie vino a ayudarme. La gente le tiene mucho miedo a los Comerciantes. A los padres de los Comerciantes. Dan trabajo y pueden no dar trabajo. Sólo algunos les decían cosas, pero desde lejos, sin ponerse en medio.

—¿Y Yibari no salió?

—No, no salió —el que contestó fue Larbi, porque a Abdellah le había desconcertado la pregunta y estaba pensando.

—No había nada en el orinal —seguía pensando con el gesto en lo de antes—, pero yo no lo sabía. Hubiera preferido que hubiese algo en el orinal, porque así sólo me lo habrían tirado una vez y yo sólo habría chillado una vez. Al final, me tiré al suelo y me quedé esperando. Fue entonces cuando me lanzaron el orinal y vi que no había nada. Dijeron que nos esperaban ahora al principio del puente del Lucus, para que tú te pelees con Botho.

—Botho dijo que tú le tienes miedo, Martin, y que, si no, se verá. Y que podemos ir los cinco y que ellos llevarán también a cinco.

—¡Pero no hay que ir! —chilló Abdellah—. En el zoco estamos seguros.

—¡No vengas tú si no quieres, cojo! —chilló aún más fuerte Jorge, crispando las mandíbulas y con ojos de fiera.

—No vuelvas a llamarle cojo en tu vida, Jorge —dijo Martin con una tranquilidad extraña, como si ya hubiera decidido lo que haría con Jorge en caso de que volviese a llamar cojo a Abdellah.

—¿Y eso qué más da? ¡Soy cojo! ¡Sí, soy cojo! ¡A mí qué me importa! —Abdellah tenía lágrimas en los ojos, pero eran lágrimas que no iban a saltar—. ¡A mí qué me importa! ¡A ver si os enteráis de que no me importa nada! Pero no hay que ir porque es una trampa. Los Comerciantes siempre dicen una cosa y hacen otra.

—Si es una trampa, la veremos desde el puerto. En el sitio del puente no pueden esconder nada —dijo Jorge, más calmado.

—La veremos —repitieron Nehedid y Larbi a coro.

—¡Es que no es eso! —Abdellah lo dijo con la voz de alguien que llora, pero las lágrimas no aparecían.

—Entonces, ¿qué es, Abdellah? —preguntó Martin apoyando una mano en su hombro.

—Nada —contestó el cojo mirando al lado contrario de donde había caído la mano de Martin.

—¿Qué es, Abdellah? —repitió Martin.

—He dicho que nada.

—Vas a decir qué es —el tono de Martin se hizo duro y la mano se soltó del hombro.

Abdellah se agarró a la muleta con las dos manos y retrocedió un paso. No se atrevía a mirar a Martin y desvió la vista hacia la parte donde terminaba la callejuela, con serones dejados a la entrada y hombres con chilaba sentados en los quicios. La calle tenía un raíl de arena negruzca en el centro y olía a sumidero. El aire espeso y caliente parecía haber sido respirado muchas veces.

—¡Abdellah!

La escena se quedó parada un momento. Todo estaba hecho y dicho y nada nuevo iba a cambiar las cosas. Pero aquel silencio constante de los que le miraban acabó por aplastar al muchacho raquítico que se escurrió imperceptiblemente hacia abajo y movió los labios varias veces antes de que pudiera escucharse la primera palabra.

—Botho te va a matar. Tú sabes —sólo se dirigía a Martin— que es mucho más fuerte que tú. Y lo que me da rabia es que todos los de aquí lo saben. Todos lo saben y yo no sé qué quieren ver. Ir al puente para que Botho te mate. Tú nunca te has peleado. Tú eres mi amigo. ¿Para qué quiero ver cómo te pegan? ¿Y para qué quieren verlo éstos? Pero yo no quiero que pienses, tú nunca tienes que pensar eso, que creo que eres un cobarde o un débil. Tú no eres esas cosas y por eso además no tienes que ir a pelear al puente.

—Abdellah —la voz de Martin acarició la cara atormentada y esquelética al mismo tiempo que una mano la levantó por la barbilla—. Escúchame. Tenemos que ir. Vamos a ir ahora.

—Sí, Martin.

Salieron del zoco y caminaron por una avenida con casas altas y plátanos, por la que circulaban coches. Aquél parecía un mundo muy distinto al de la callejuela. Luego torcieron por la esquina de una casa grande donde había corros de hombres en los bancos de una explanada. Bajaron por una calle de repente muy estrecha y volvieron a encontrar casas bajas, pero más adecentadas que las del zoco. Terminaron en una barrera de piedra, con una lengua de mar debajo y las revueltas impresionantes de un río sobre una extensión verde de kilómetros, a la derecha.

Bajaron la cuesta hasta el puente, dejando la barrera a la izquierda, con la precaución de una patrulla en territorio enemigo. Les vieron enseguida. Eran también cinco y estaban acodados con aire indiferente en la barandilla. Las casas de los pescadores estaban silenciosas a esa hora de la tarde.

—No hay nadie más —dijo Jorge.

—Sería mejor esperarles aquí —murmuró Abdellah echando una mirada recelosa a las fachadas de la derecha.

—Tú quédate, Abdellah —dijo Martin mirándole con resolución.

—No hagas eso. Por favor, no hagas eso.

—Soy yo el que te pide favor —dijo Martin.

—Han dicho cinco. Si me dejas aquí, ya no valdré lo mismo que cualquiera. No valdré por uno. No valdré nada. Déjame elegir.

Martín se paró y estuvo observando durante varios segundos la figura contraída y apoyada en la muleta. Tenía la esperanza de que los otros hablaran para convencer a Abdellah. Pero nadie dijo nada.

—Elige —contestó tristemente.

Dieron la vuelta a un recodo. Entonces, el puente quedó casi debajo y un poco a la izquierda. Los reflejos del sol eran más anchos en las dos clases de agua que se mezclaban en el puente. Abdellah no miraba a ese lado. Las casas corridas de los pescadores tenían ahora cortes estrechos y pendientes que se empinaban hacia la medina.

Al siguiente recodo, el grupo quedó completamente de espaldas a lo que Abdellah seguía mirando y de frente a los de la barandilla, que parecían haber estudiado su indiferencia hasta el final. Sólo tenían que bajar unas decenas de metros, por una cuesta de suelo socavado y descompuesto, para encontrarse en el lugar de la cita.

El grupo aminoró el paso. Martin debió de darse cuenta.

—Vamos —dijo con una firmeza demasiado tensa como si la boca no se hubiera abierto del todo.

La orden no tuvo el efecto que esperaba. Notó que estaba delante y solo y que había dejado de sentir la compañía retrasada del grupo. No es que se hubieran quedado detrás, es que, al decir «vamos», todo se fue parando a su espalda. Él mismo se detuvo después de dudar y dudó varias veces antes de pararse porque le parecía que dudar y pararse era también hacer dudar a los demás por culpa de haber dudado él mismo. Y si, además, la duda no estaba después confirmada por la realidad, eso quería decir que el temor era solamente suyo: no podía hacer temer a los otros, pero era mucho peor que temiera él, el que tenía que pelear y defenderse con una convicción absoluta, sin vacilaciones. Si él mismo se sentía en peligro, entonces el peligro era mucho mayor de lo que habían pensado todos juntos y, por tanto, se habían equivocado al acudir a la cita del puente.

Pero al final se paró. Se volvió despacio como si tuviera que dar tiempo a que una mano fuera quitando los visillos de lo que nadie quería ver.

—Martin, Martin —lo primero que vio fue la boca de Abdellah moviéndose como la de un pez que la lleva abierta mucho antes de llegar al alimento y después la cierra con un golpe amortiguado.

Después, y del más cercano al más lejano, fueron Jorge, Larbi y Nehedid, detenidos en la postura común de alguien al que han llamado desde atrás, con los pies mirando al lado contrario de la cara. Abdellah estaba pegado a la barrera, fuera del grupo. Pero más allá, todavía sin mirarlas, notó la presencia de sombras en una formación de barrera que iba a dar a la barrera que defendía el camino del acantilado. Tampoco hacía falta mirarlas, bastaba con saber que estaban allí, que habían llegado hasta allí para hacer algo que tampoco necesitaba consideraciones.

Miró al puente y descubrió que los cinco se habían separado de la barandilla, pero que se habían separado hacía rato, porque avanzaban ya sobre la cuesta con paso decidido.

Todos se miraron. Un instante de caras atónitas, pero atónitas no por la aparición de algo previsto, sino por todo lo contrario, por todo lo que habría estado demasiado previsto si hubieran pensado un momento en lo que Abdellah decía en vez de pensar en lo que Abdellah era. Hubiese sido tan fácil no haber llegado hasta allí y parecía tan increíble estar allí entonces.

—Martin, Martin —seguía diciendo la boca torcida del tullido.

Larbi y Nehedid fueron los primeros en salir disparados, cada uno a un extremo del camino como si desconfiaran por principio de la dirección que había tomado el otro. Abrieron la perspectiva de golpe y Martin vio cómo la formación de barrera, tal vez eran siete y tal vez alguno llevaba algo que levantó en el aire, hizo un movimiento de onda antes de estrellarse contra los dos que escapaban. Después fue Jorge. Después fue Abdellah, que corría mirando para atrás, mirando a Martin mientras Martin sentía pasos rápidos que subían por la cuesta.

Tardó mucho en empezar a correr. Se había quedado mirando, sin saber por qué, la forma en que Abdellah corría. La muleta se quedaba detrás, lanzando a la pierna buena y cuando la pierna buena se había fijado en el suelo entonces, mucho antes de que continuara la muleta, la pierna raquítica, la pierna encogida, apoyaba la punta del pie en el suelo, estirándose como nunca Martin la había visto estirarse, como un gusano de alambre que tocaba el suelo y escondía enseguida el hocico. Luego llegaba otra vez la muleta, pero cuando llegaba la muleta, Abdellah ya había hecho el paso con sus dos piernas y todo el tiempo parecía que Abdellah iba corriendo con dos piernas sanas. Martin no podía dejar de mirar eso. Tenía la visión de un Abdellah igual a cualquier otro muchacho, sabía que no, pero también sabía que él lo estaba viendo en ese momento y que le gustaría que ese momento fuera muy largo para que Abdellah siguiera corriendo como cualquiera, sólo con la diferencia de una pierna que se encogía muy rápido, pero también con la sensación de que la muleta no era la segunda pierna, sino la tercera, sólo un soporte, un pequeño ajuste en un cuerpo levemente tocado y no en un cuerpo amputado. La pierna con la pernera flotante se movía en la visión de Martin con la rapidez y la fuerza con que Martin quería empujar a Abdellah hacia adelante, ahora que Jorge, Larbi y Nehedid habían abierto huecos por los que muchos Abdellah podrían pasar.

Pero precisamente entonces dejó de verlo todo y se encontró con la cara encajada en la barrera de piedra, casi de rodillas y llevándose las manos a un punto entre el cuello y la nuca. Los gritos y quejas que se escuchaban en aquel trozo de cuesta parecían adultos, como si las voces de todos hubieran crecido de repente con el contacto de algo extraño a la vida de simples muchachos.

Cuando se tiró por la barrera, sin mirar a Abdellah, sin mirar a nadie, y sin saber tampoco dónde estaba el suelo que le esperaba, sólo quería huir de aquellos lamentos que le parecían monstruosos y que no tenían nada que ver con la cita en el puente. Quizá llegó a pensar si alguno de ellos podía haber salido de la boca de Abdellah, pero el aire por el que estaba cayendo sin ser un pájaro podía meter ese pensamiento o cualquier otro y llevárselo después volando. Quería escapar, sólo eso. Botho y los demás tuvieron que ver a un Martin desesperado, agarrándose a la barrera de piedra y dando el salto con los ojos fijos de alguien esclavo de su miedo y que deja de pronto de pertenecer al mundo, a sus amigos, para pertenecer sólo a una idea cobarde. La cobardía de querer ser sólo uno, cuando la vida está poblada de muchos.

Cayó entre dos rocas y una brecha de arena que amortiguó el golpe. Corrió sin mirar atrás, pero con la corazonada de que le estaban persiguiendo por el camino de arriba. Encontró, con la ceguera de un borracho que encuentra lo que desea y no sabe por qué, una escalera natural de peldaños. Subió por ella hasta la parte más alta del puerto. Miró por encima de la barrera, tratando de reconocer algo en la línea de edificios que se perdían en una ensenada con casas distintas a las de los pescadores. Algo suyo, su casa, quizá. Sin embargo, enfiló por un camino distinto y semejante al camino por el que habían bajado los cinco.

Llegó otra vez a la casa grande con la explanada y los hombres y siguió corriendo por la avenida de plátanos hasta un edificio con una cúpula de cerámica dorada. La puerta estaba abierta. Una nave grande, con filas de bancos y velas encendidas en el fondo oscuro. No había nadie. Se sentó en los bancos de delante.

—Aquí no me perseguirán, aquí no me puede perseguir nadie —dijo en voz alta, mirando la cruz de metal que colgaba sobre la mesa de mármol con un mantel blanco—. Aunque la puerta esté abierta, pero esa puerta no la atravesarán —dijo después.

Las paredes eran paredes desnudas y encaladas. Muy altas, con unos ventanucos por donde entraba luz turbia que iba haciendo franjas hasta llegar a la penumbra del suelo. A medida que esa penumbra se fue elevando y que los ventanucos fueron nada más que reflejos en los que se estrellaba la claridad, el muchacho parecía estar sentado en un apoyo invisible que lo empujaba hacia arriba.

—Estoy solo y nadie puede entrar —y al decirlo se tapó los oídos y, luego, los ojos.

La nave se fue quedando a oscuras. Sólo algunos brillos aislados en la parte de la bóveda y en el metal de la cruz. Los ojos de Martin seguían esos brillos con la sensación de no estar en el suelo, sino en algún sitio intermedio de lo que podía ser un cielo con astros, navegando por un aire oscuro muy lejos de la tierra.

—¿Dónde está Abdellah? —preguntó.

De la oscuridad no salió ninguna respuesta, pero esa misma oscuridad —que dejaba más solo a Abdellah donde quiera que estuviese— también protegía a Martin de tener que buscar y de tener que mirar en el mundo de gente como los Comerciantes, de gritos monstruosos como los que salieron de las bocas de sus amigos, de chiquillos que se hacían mayores de golpe en un trato repentino con una especie dura del dolor y del miedo. La oscuridad del templo le alejaba de Abdellah, para mal de Abdellah y para bien suyo.

Mientras estaba allí, no tenía que buscarle y Martin prolongó ese tiempo, dejando escapar de vez en cuando, igual que escapa el pálpito de una herida en la que sólo el pálpito obliga a pensar en ella, la pregunta en la que no quería pensar.

—¿Dónde está Abdellah?

Mucho más tarde, alguien empezó a mover la puerta del templo y le dijo algo. Martin salió sin mirarle. Afuera era de noche. Apartándose de la avenida de plátanos, que iba a la plaza y al pasadizo del zoco, se metió por callejuelas de arena, iluminadas por faroles muy separados en los que no ardía más luz que la de una vela, hasta detenerse en un terraplén —era un terraplén, no una escollera o un acantilado— con el mar debajo. Había parejas y hombres solos sentados entre los matorrales, a los que se distinguía con la dificultad de las luces de la calle de atrás. Abdellah no estaba allí.

Se volvió y estuvo meditando delante de una casa de dos pisos, con decorados de escayola, un balcón largo de piedra con macetas robustas y una verja.

De pronto echó a correr, abrió la cancela de un golpe, casi el mismo con el que empujó después la puerta y apareció en un salón pequeño, donde un hombre bastante mayor, de rasgos consumidos y vestido con un traje gris, estaba leyendo un periódico. Se frenó a escasos centímetros del hombre mayor y gritó:

—¡Padre, tienes que proteger a Abdellah!

El hombre mayor hizo un gesto de incomprensión, que parecía más dirigido a la conducta del hijo que a las palabras que decía.

—¡Muchos les protegen! ¡Nosotros vamos a proteger a Abdellah!
Y entonces Martin respiró hondo, como si al decirlo se hubiera descargado de algo más que de lo dicho.

5

—¿Martin? —abrió los ojos, la misma mancha roja derivando con el capote negro detrás.

Se levantó de un salto, se encogió como si esperase una embestida y empezó a girar sobre sí mismo con las manos a la altura de la cara. Allí estaba el río, la llanura de suelo pesado y el horizonte sin señales debajo del cielo curvo. Pero no el extraño. Se dejó caer igual que si le hubieran lanzado una carga con la que no podía. Luego retrajo las piernas y hundió la cabeza en aquel refugio hecho con su propio cuerpo. Un refugio sacudido por sollozos secos que se entretuvo en escuchar como si no fueran suyos —y quizá no lo fueran, porque entre las cosas que no recordaba también estaban los sollozos, aunque también le pareció que por mucho que sollozara, él, y muy posiblemente ningún otro, nunca podría reconocerse en una desesperación tan neta, tan arrancada de un espíritu que hasta entonces había parecido humano.

No vio al extraño, el extraño se había ido al despuntar el día. Cansado de sus patadas, chillidos, arañazos y cansado de la propia obcecación en no soltar la cazadora y en querer ventilar el asunto con una sola mano. Amaneció con la misma luz encarnada que ahora se iba, subiendo del horizonte de donde venía el agua una línea encendida. El extraño estaba de rodillas y le agarraba de un talón, en una postura en la que cualquiera hubiese dicho que sólo quería descalzarle. Dejó caer el pie, le lanzó la cazadora a la cara y se metió en el río sin mirar atrás, con un caminar de verdadero cansancio en el que la corriente —que por la noche le había empujado a cruzar— parecía rechazarle y negarle la otra orilla.

Se durmió con la sensación exhausta de algo parecido a una victoria y ahora, al despertarse, descargaba la tensión que, de no ser por el agotamiento, habría descargado cuando el extraño se fue. Visto con distancia, la distancia de un sueño largo y la de la ausencia del enemigo, el extraño no le parecía tan fuerte ni tan decidido como cuando le vio llegar. Seguramente no era más que una de esas centinelas individuales que se dejan en un territorio demasiado grande para controlar movimiento de tropas. Una especie de loco de la guerra, camuflado en pleno desierto, que sobrevive durante meses con un poco de alimento en conserva y un pellejo de agua y que en él había encontrado un motivo para salir de la monotonía. Pero que una vez exprimido el motivo, volvía a su agujero con entretenimiento suficiente para pasar otros cuantos meses.

Sí, estaba seguro. Todas las cualidades que puso en el extraño, las había puesto su propia debilidad. Si él mismo se hubiese sentido fuerte o, por lo menos, hubiese sabido quién era, la refriega —sin armas, además— no habría pasado de un malentendido y algún tortazo.

Sacó la cara del refugio y miró a un punto del infinito que reflejó su propia mirada.

—¿Martin? —volvió a preguntar.

No se sentía tan descansado como en el despertar

de la noche anterior. Y las imágenes que le estaban pasando por la cabeza —una calleja azul y sucia, cinco niños, un puente y un mar, una iglesia donde uno de los chavales se refugiaba, un terraplén, un hombre mayor— no le parecieron exactamente las de un sueño, sino que tuvo la sensación de haberlas estado viviendo o de haberlas vivido, antes o durante el sueño, y que el haberlas estado viviendo o haberlas vivido le había quitado descanso o le había cansado más.

Era una historia entera de la que había aparecido un pedazo, sin la seguridad de que esa historia fuera suya, aunque tenía la certeza de que esa historia era anterior a aquel sitio y, por tanto, la había traído de fuera. No le resultaba especialmente familiar. Alguien llamado Martin se la contó alguna vez. Tenía la sospecha de que las imágenes estaban vistas por el tal Martin. O por alguien que le conocía muy bien. Tal vez él mismo.

Además, había en ella algo paralelo a lo que había sucedido con el extraño. Quizá fuera sólo que la violencia de la lucha disparó el resorte de otra lucha que se contó a sí mismo mientras dormía. Quizá no había que buscar nada familiar en una historia donde el que la soñó pudo haber mezclado lo que sabía o lo que tenía con el hilo que inventó para unir todo. Y él debía evitar por todos los medios que la necesidad de agarrarse a algo concluyera en una fantasía engañosa que llenaría el vacío de la memoria con material absurdo. Aun sabiendo lo difícil que era elegir entre no ser nada y ser cualquier cosa.

No debía darle muchas vueltas. Lo importante en ese momento era echarse a andar en una dirección. Por lo menos, tenía la tranquilidad de saber que el extraño se había ido.

Pero se equivocó. El extraño estaba allí.

6

Esta vez el mensajero traía algo escrito en la cara. Seguía siendo el mismo fanático de la noche anterior en sus gestos y en su aspecto, pero la belleza de mayorías, que ahora le resultó aún más inerte, estaba partida por un rictus fijo de la boca. Era la casi sonrisa que ya le había visto, de labios apretados que en realidad servían a una expresión desdeñosa, pero clavada en el rostro como si el rostro hubiera hecho demasiados esfuerzos inútiles por quitársela de encima. Como si la casi sonrisa se hubiera estado mirando en un espejo tratando de convencer a su dueño de que era el único gesto posible con aquella pobre humanidad resistente y malvestida de soldado que tenía delante, pero como si, al mismo tiempo, el hecho de trabajar con la sonrisa en el espejo hubiera confundido al que lo hacía, por la sencilla razón de no haberlo hecho nunca.

La cara del mensajero y la cara del soldado tenían una expresión común: ninguno creía lo que estaba pasando. El mensajero no creía que tuviera que hacer un segundo intento para llevarse a aquella piltrafa y la piltrafa no creía que el mensajero estuviese allí.

Estaban de nuevo frente a frente, aliento con aliento, en lo que parecía un único espacio, cada uno viendo en el otro el gesto de incredulidad y aumentando esa misma incredulidad por estar viéndola en el otro.

También en esta ocasión el tiempo muerto fue más breve en el soldado. Tuvo que ver con algo reflejo, porque ni siquiera había pensado: enseñó la uñas a la altura de la cara y las movió sobre la del extraño sin llegar a tocarle. No fue un gesto de ferocidad, de garras y rugido detrás de las garras, sino más bien un ramalazo de histeria tampoco muy convencida de lo que va a pasar a continuación.

El extraño dio un paso atrás, el paso de alguien cohibido más que el paso de quien se protege o esquiva. Parecía no haber sido adiestrado para esa clase de estallidos y, quizá, para ninguna clase de estallido. Su entrenamiento —si se estudiaba bien ese paso, y el soldado lo estudió aún más de lo que había estudiado el aspecto— parecía haber sido organizado en la creencia de que todo debía dejarse a la manifestación contundente de la fuerza. Tal vez no contundente, tal vez sólo persuasiva.

El soldado trató de aprovechar esa retirada momentánea, sospechando que podría ser la única oportunidad que le quedaba.

—Puedo arañarte —fue lo que salió de su boca y ya desde el principio le pareció una pérdida de tiempo, si no una auténtica estupidez.

Su cabeza estaba todavía ocupada en el paso atrás del enemigo y esas palabras confirmaban una intuición. De hecho, la casi sonrisa tembló a punto de desdibujarse durante una centésima de segundo.

—No tenemos que luchar. Puedes decirle a tus jefes que me has cazado, pero que tuviste que matarme —ahora sí le parecía estar diciendo lo que quería—. Es fácil decirlo y no hay que dar muchas explicaciones. No creo que te pidan que les lleves el cadáver. ¿Eh?

El extraño echó la cabeza hacia adelante, como si tuviera que asegurarse del sitio por el que habían salido las palabras. Después la hizo volver a la posición de partida y la casi sonrisa ya no estaba.

—¿Qué quieres decir? —los labios del extraño se abrieron en la forma de soltar aire retenido.

El soldado escuchó el timbre de una voz muy joven, pero perfectamente joven y que no esperaba tiempos de maduración, establecida en esa edad e incluso luchando por no pasar de ella.

—¿Qué quieres decir? —repitió mucho más bajo, echando el último soplo de aire.

El soldado recordaba que no era alguien a quien se pudiera convencer —era sólo alguien que venía a cumplir una misión y que no podía volver con las manos vacías—, pero se dejó animar por esa mínima esperanza que era haberle escuchado por vez primera. Tenía que aprovecharlo, no siempre le bastaría con los arañazos y el miedo frenético.

—He dicho que no tienes que llevarles el cadáver.

—¿Por qué no?

—Porque basta con decir que me has matado.

—¡Yo no tengo que matarte! —los dientes se apretaron y el tableteo de la mandíbula hizo dos marcas en la cara.

Le llegó el turno de retroceder. Pero tenía que seguir hablando —a pesar de la confusión que el otro arrojaba sobre lo que se decía— porque hablar era su única oportunidad.

—Tranquilo, amigo. Si no tienes que matarme, entonces es todo mucho más simple. Tienes sólo que demostrar que me has vencido. ¿No es cierto? Espera, espera. Yo puedo darte todo lo que necesitas para demostrar eso. No hay ningún problema.

—Tengo que llevarte —la voz del hombre joven se ablandó de pronto—. ¿Tú no lo entiendes?

—Lo entiendo, no te preocupes por eso. Voy a decirte lo bien que lo entiendo. Tanto si me matas como si no me matas, lo que les importa a tus jefes es que yo no pueda seguir combatiendo. Muerto o no muerto, ésa es la cuestión: quedar fuera de combate. Y lo mismo pasa con el asunto de llevarme contigo. No es nada más que otra garantía como la de estar muerto. Estamos hablando de lo mismo. Bien, lo que yo te propongo es darte la garantía a cambio de que tú me dejes en paz.

—La garantía... —dijo el otro como si se estuviera mirando en un charco que la idea hubiese hecho delante suyo.

Pero el soldado no le escuchó. Había empezado a quitarse la ropa y a echarla a los pies del que tenía enfrente. Poco después estaba desnudo. El extraño miró la ropa caída y el cuerpo del que había salido esa ropa. Luego se quedó observando las botas que el soldado no se había quitado todavía.

—Entiendo —dijo con una seña cómplice—. Las botas, también.

Se desató las hebillas y se las sacó de una patada. Las botas volaron en dirección al hombre joven con puntería suficiente como para que tuviera que esquivarlas con precisos y algo imperceptibles movimientos de la cintura. Esa esquiva no pareció desviar su atención de la piel desnuda y del sexo desnudo —colgando de un esqueleto que a los ojos del tipo joven no podía tener más entidad que la de una percha que había dejado de ser útil— en que se había convertido el soldado.

El soldado interpretó la pasividad del otro, el profundo detenimiento que se traducía en golpes de ojo que parecían querer reconstruir el cuerpo antes de la desnudez, como un estado previo al del que va a estar completamente persuadido.

—Ésta es la garantía. Nadie sobrevive desnudo en un sitio como éste. La temperatura le acabará matando, el calor del día y el hielo de la noche, ¿no es así? —no le parecía suficiente, quería insistir—. Un sol de plano que va abriendo el cuerpo y un frío que se queda después en las heridas hasta que la carne se seca. ¿Cuánto? Un día, dos. Tres, ¿tú crees? Coge la ropa y llévatela. Y con eso ni siquiera tendrás que dar explicaciones. Algo para ti y algo para mí. Tú sabes que si salgo de ésta, y yo no sé si llegaré a saber cómo se sale, va a ser difícil que me vuelva a vestir de soldado. Y a mí me queda la oportunidad de no tener que morirme ahora mismo. Puede que no esté pensando en salir, puede que sólo esté pensando en no morirme ahora mismo. Algo para ti y algo para mí, ¿eh, amigo?

—Tú no lo entiendes, ¿verdad? —fue la respuesta del otro, una respuesta que contradijo todo lo que el soldado creía haber conseguido.

Estaba desnudo ante alguien a quien podía haber convencido con esa desnudez. No tenía nada más que quitarse, pero no había ganado nada. Sólo debía evitar la desesperación. Olvidarse de que estaba desnudo y seguir pensando. Por lo menos, no le había atacado. Y eso era mucho si lo comparaba con la noche anterior. Se agarró a esa idea y dejó que su cuerpo desnudo flotara agarrado a esa idea.

—Quieres decir que no es suficiente. Está bien. Aguarda un momento —dijo mientras trataba de ordenar su cabeza y pensaba que si ahora estuviera vestido tendría más reflejos.

—Tienes que venir —dijo el mensajero.

—Ya lo sé, ya lo sé. Aguarda.

—Tengo que llevarte.

—Sé lo que quieres decir. La ropa puede ser de cualquiera, puede comprarse o encontrarse, ¿no es eso? A la ropa le falta el cuerpo de la ropa. El cuerpo de la ropa —pensó deprisa, deprisa—. Bien. Ya está. Puedes llevar algo mío. Algo que rebaje mi oportunidad y mejore tu garantía.

Pero ahí el soldado se detuvo. Imaginó lo que estaba diciendo y sintió miedo. Un miedo estúpido en comparación con la otra posibilidad de sentir miedo. Era una contestación inmediata de la carne, nada más, pero los labios se cerraron obedeciendo a la carne y no a lo que era lógico. El extraño se dio cuenta y enseñó la dentadura de una sonrisa que descansaba de la tensión anterior.

—¿Por ejemplo? —dijo, sin que pudiera saberse entre qué dientes se había escapado la pregunta.

El soldado sintió que cada segundo de silencio era un paso que el otro avanzaba hacia él.

—¡Una mano! Llévate una mano. Es una parte del cuerpo, es cuerpo. Si te llevas la mano y la ropa, ya no habrás comprado o encontrado la ropa. Y yo tendré que hacer más cosas para durar. Y es seguro que no volveré a ser un soldado. Puedes arrancarla y yo me las arreglaré para no morir ahora mismo. Algo para ti y algo para mí. ¿Quién puede vivir aquí desnudo y sangrando?

—Tengo que llevarte —dijo el mensajero con una resignación que se acercaba a la indiferencia.

—Una mano es como el cuerpo entero para un soldado. Si tuvieras mil manos, tendrías mil cuerpos o mil muertos. No puedes tener más.

—¿No puedo tener más? —el soldado detectó un brillo nuevo en los ojos del tipo joven.

—No. Ni nadie puede darte más —pero sabía que no le estaba convenciendo.

—¿Y por qué no un brazo? —la mirada ansiosa de un niño que quiere que el juego empiece ya.

—¿Un brazo? —pensaba deprisa, deprisa.

—Eso es. Así se rebaja tu oportunidad y mejora mi garantía. ¿No estábamos hablando de eso?

No, no estaban hablando de eso, no estaban hablando de nada. El soldado sintió que la noche volvía a empezar.

—Tienes que llevarme, ¿no es cierto?

—Nada más cierto, amigo —tuvo la impresión de

que el otro empezaba a reflejarle, de que usaba sus palabras, de que se le metía dentro.

Al principio, había desconcertado al extraño, pero después el extraño había ido aprendiendo y nadie más que el soldado podía haberle hecho aprender. Él enseñaba muy bien y el otro aprendía rápido. Demasiado. Se preguntó si, en la vida anterior de la que no se acordaba, también había dejado que los demás aprendieran demasiado rápido de sus intenciones y si lo que ahora pasaba no era más que una revelación de esa vida anterior. Una especie de maestro de sí mismo conducido fatalmente, por culpa de esa transparencia, al fracaso en cualquier desafío.

—Dime adónde, por lo menos —lo preguntó sin mucho interés, pero con la certeza de que así iba a desviar la conversación que daba por perdida.

—¿Adónde? —con un gesto que ya había visto antes, antes de que el extraño quisiera jugar.

—¿Es que no lo sabes? —notó que los labios se le movían y, aunque no podía ver la mueca, le pareció gracioso que esa mueca pudiera parecerse a la que trajo la cara del extraño.

—¡Ven aquí! —otra vez las marcas de la mandíbula.

—De acuerdo, no me digas adónde. Pero dime por qué quieres llevarme.

El otro dio un paso adelante y pareció que en ese paso iban a moverse los brazos y caer sobre el soldado igual que cuando le habían arrastrado al río y después quisieron levantarlo como un fardo. Pero los brazos se quedaron quietos y abajo y la masa musculada se detuvo como si la pregunta hubiera hecho un muro.

—¡Tú no puedes hacerme esa pregunta! ¡Tú no entiendes que no puedes hacerme esa pregunta!

No supo qué le había asustado de repente, pero el soldado enseñó las uñas a la altura de la cara en un gesto reflejo que le devolvía al refugio de su propio cuerpo. No eran sólo las uñas contra el extraño, eran también las uñas que le separaban de lo que no quería ver. No las movió sobre la otra cara. Simplemente, las dejó allí, ocupando un lugar en la noche que empezaba.

7

El hombre mayor, el que era padre de Martin, estaba comiendo con los que debían de ser Martin y Abdellah. No eran los mismos, ahora parecían dos presencias adultas, sentadas en el extremo de una mesa alargada —demasiado juntos y sólo en eso niños todavía— que presidía el padre. Una mujer más oscura que Abdellah, pero alta y grande, con un pañuelo blanco en la cabeza, iba de un lado a otro del comedor y a veces se quedaba quieta, con los brazos cruzados, como si vigilara una operación decisiva. La cabeza de Martin sobresalía de las otras con una ligera inclinación de animal cuellilargo, tan delgado como antes y algo de pájaro deslumbrado en el perfil y en los ojos. Abdellah, en cambio, parecía haber crecido a lo ancho de una forma poco natural, aplastado por una fuerza de arriba que sólo le había dejado escapar por los laterales. El aparador, los sillones de la ventana, la mesa de madera pulida en la que estaban comiendo, los cuadros con paisajes de montaña, las pantallas de macramé de los rincones, aislaban esa habitación del mundo del terraplén y del zoco, del mundo de las callejuelas de tierra y de las explanadas con hombres sentados.

—¿De qué te ríes, Martin? —el padre apoyó el tenedor en el plato y se estiró, pero ese movimiento sencillo que consistía en mirar de frente pareció costarle un gran esfuerzo.

—No me estaba riendo, padre. Miraba a Abdellah.

Abdellah levantó la vista, pero sin apartar la cara del plato y dejando la cuchara suspendida en el aire. El ojo izquierdo tenía una pequeña cicatriz entre la ceja y el párpado que lo cerraba poco después de la mitad. La boca siguió entreabierta, como si de momento las palabras de Martin no fueran suficientes para renunciar a lo que había en la cuchara.

—¿Le mirabas? —insistió el padre sin cambiar la postura rígida en la que le había dejado el esfuerzo y que ponía distancia con el plato y en general con el hecho de tener que alimentarse.

—Come igual que el primer día —dijo Martin, quizá sin darse cuenta de que todo lo decía con una sonrisa.

El padre miró a Abdellah. Abdellah dirigió la vista a uno y otro varias veces.

—A toda velocidad, como si le fueran a quitar el plato antes de que terminara.

—Martin... —empezó a decir el padre en lo que a continuación habría sido un reproche.

—Por ejemplo, nunca le hemos convencido de que coja los garbanzos con el tenedor. ¿Verdad, Zora? Dice que en la cuchara entran más.

Ahora fue Abdellah el que sonrió con la misma sonrisa que había en la cara de Martin sin que quizá Martin se diera cuenta.

—Este niño aprenderá muchas cosas, pero en la comida no va a aprender nada —dijo la mujer negra y alta que estaba quieta desde hacía un rato detrás del padre, sonriendo también.

Abdellah siguió comiendo de forma más exagerada que antes, con una especie de orgullo por haber provocado la conversación, bajando la cabeza hasta el plato y con la mirada fija en un punto del mantel más allá del plato, desde el que parecía controlar movimientos extraños que pusieran en peligro lo que llegaba a su boca. La cicatriz que medio le cerraba el ojo le daba un aire todavía más precavido. A través de la barba incipiente y del rostro ancho y más trabajado que el de Martin —comenzaba a hincharse como el de un hombre maduro—, podía verse al niño Abdellah, desvalido y raquítico, que suplicaba que Martin no fuera a pelear con la misma desolación con la que estaba comiendo. El mismo niño al que, tal vez, la noche de la encerrona, habían tenido que coser heridas en todo el cuerpo —heridas como la de aquel ojo— y al que Martin fue a ver con la conciencia tranquilizada del que quiere resarcir una desgracia de la que no se siente ajeno del todo.

Abdellah, Martin y el padre salieron al paseo del terraplén. Iban por el mismo camino, en la dirección contraria al Lucus, siguiendo la costa de mar abierto y cielo amarillo que se extendía en cortes calcinados. El padre, con el traje gris oscuro y un paso vivo que daba la impresión de querer salir cuanto antes de la calle y del sol —más que la impresión de tener prisa por llegar a un sitio—, se fue alejando insensiblemente y sin despedida de los dos muchachos, que tampoco prestaron atención a una forma de separarse a la que debían de estar acostumbrados.

Martin parecía una torre al lado de Abdellah y Abdellah parecía la sombra en el suelo de esa torre cuando el sol le cae justo encima.

—Esta tarde vamos a tu casa —dijo Martin.

—A mi casa, no —murmuró el cojo, mirando al terraplén.

—No digo a tu casa, ya sabes lo que quiero decir.

—Hoy es la tarde en que ayudo a tu tío en los garajes.

—Yo te espero en la puerta del Grupo, hasta que llegues.

—A lo mejor, tardo.

—¿Qué quieres decir con «tardo»?

—Que tardo, Martin, que tardo —Abdellah se estaba enfadando—. Quiero hacer lo que me mande tu tío, eso es lo primero.

Torcieron hacia dentro. Había mujeres echando baldes de agua detrás de una verja. El edificio tenía abiertas las puertas de una nave oscura de la que salía olor a mercado. Abdellah se quedó mirando.

—¿Para qué quieres conocer a Salima? —preguntó de repente, como si las mujeres con los vestidos mojados y acarreando cubos con las dos manos hubieran alentado la pregunta—. ¿Vas a ayudarla?

—Sólo quiero conocerla y no sé lo que voy a hacer. ¿A qué viene tanto jaleo? ¿Es que te gusta?

—No seas cabrón, Martin —dijo Abdellah pegándose a la muleta con su gesto de niño—. Lo que pasa es que sólo la has visto una vez.

—¿Es que hay que verla muchas veces para pensar algo? Y, oye Abdellah, no soy un cabrón. Te lo he preguntado en serio.

Doblaron por la esquina del mercado y avanzaron por una calle amplia, arenosa y rojiza, donde gente invisible hablaba en los portales y en los patios refrescados por la sombra. Las voces llegaban a la calle con bastante claridad. Abdellah y Martin las escuchaban sin decirse nada.

Llegaron a un edificio blanco, de una sola planta, del que colgaba un cartel con fondo negro y letras de bronce que decía «Misión cultural española Luis Vives».

—A las seis estaré aquí —dijo Abdellah sin mirarle y siguiendo con su paso de cojera, mientras Martin se detenía en la puerta.

—Abdellah...

—Qué.

—¿No quieres que vea a Salima?

El tullido giró sobre la muleta y le lanzó su mirada escondida de arriba abajo.

—No sé —contestó con la mirada y media cargada de sinceridad y de prevención, antes de volver a girar y desaparecer.

Martin atravesaba un patio de plantas umbrías y altas con una fuente en el medio. Estaba rodeado de ventanales de los que salía el runrún laborioso de las aulas llenas de muchachos. Abrió una cristalera y se introdujo en una clase en la que su padre daba instrucciones a treinta o cuarenta alumnos varios años más jóvenes que Martin. Se sentó ante una mesa separada del resto de los pupitres, al lado de la mesa de la tarima. Colocó un paquete de libros encima y se quedó observando las evoluciones del padre por el pasillo central.

Paseaba arriba y abajo repitiendo una especie de cantinela, con las manos en los bolsillos y la mirada siguiendo la puntera de los zapatos. Los chavales escuchaban con el plumín suspendido sobre libretas engordadas por la tinta. De vez en cuando se paraba delante del ventanal y contemplaba el jardín en silencio, durante un tiempo en el que nada se movía en el aula. Luego, volvía la cantinela y el ruido de pasos, siempre en un tono que parecía no querer alterar la cosas —no alterar el jardín, no alterar la voz, no alterar lo que había fuera de los tabiques de la escuela— y también hacer que las cosas fueran aterrizando sobre el sitio que les correspondía hasta quedar sujetas a él para la eternidad restante.

El Martin que observaba todo eso —igual que el Abdellah que comía era el Abdellah de la desolación y la pelea— no era distinto del chiquillo que se refugió en la iglesia de cerámica dorada, en la oscuridad que le fue liberando de tener que buscar afuera. Una atención fija en el perfil de pájaro con los ojos demasiado grandes, de color verde líquido, siempre sorprendidos. Sorprendidos o asustados: quizá con una capacidad extrema de sorprenderse y de fijarse a causa de un temor anterior que se quedaba siempre en el origen de la expectación.

Y el aspecto del padre no contradecía esas sensaciones. La carne consumida, el tinte amarillento de la piel, los ojos arrugados, grandes pero escondidos por las arrugas, los labios muy finos que apenas se movían para hablar, el esqueleto desgarbado y sedentario que Martin había heredado, no eran los caracteres de un hombre cansado o envejecido, sino los de un hombre que se había construido frente a los demás y que había llegado al grado más alto de ajuste entre cuerpo y conciencia. La clase de hombre a la que nada puede tocar y, con toda seguridad, nada o nadie había tocado. Que está por encima de la exageración y de la sangre, igual que su traje gris estaba por encima de la vestimenta que sale elegida de un armario con muchos trajes.

—¿Qué vas a hacer ahora? —el padre estaba delante de Martin, examinando el lomo de los libros que había sobre la mesa.

—Sólo me queda acabar la Química.

—¿Cuándo tienes que ir a Tetuán?

—El martes, pero tengo tiempo de sobra.

—¿Seguro?

—Seguro. El jueves por la tarde ya no habrá más bachillerato para mí —dijo Martin en un tono triunfal que esperaba una respuesta del padre.

Pero el padre se había dado la vuelta hacia la tarima y la mesa con la rapidez del maestro que ha encargado la última tarea.

—Padre...

—Dime, Martin —contestó el maestro sentándose arriba.

Martin se levantó y subió a la tarima. Apoyó levemente los brazos en la mesa en un gesto de alumno privilegiado que consulta.

—Voy a preguntar también por lo de Magisterio.

—¿Maestro? —dijo el padre levantando la cabeza, al mismo tiempo que se ponía unos lentes estrechos y abría un libro.

—Ya hemos hablado de ello —contestó el muchacho en un tono que daba a entender que no le importaba seguir hablando.

El padre echó un vistazo a la clase por encima de los lentes. Se detuvo un instante en un sitio fijo en el que no había nada, sólo pared, antes de volver a mirar a Martin.

—Después de que preguntes, podemos seguir hablando —dijo.

Martin regresó a su mesa con aire satisfecho y permaneció un rato con la vista perdida en el pasillo central, en las cabezas de los que se aplicaban sobre las libretas —había cabezas de muchachos oscuros y de muchachos más blancos mezcladas en una proporción casi igual—, en el ruido de los tinteros, en el murmullo del jardín. Luego, abrió el libro de Química y estuvo leyendo en la misma línea mucho tiempo, en la postura un poco rígida con la que el padre miraba también el libro que las manos sostenían casi enfrente, una postura con aire de familia y consciente —mesa incluida— del lugar que ocupaba en el aula.

Empezaba a oscurecer. El cielo tenía una resistencia roja que alumbraba detrás de manchas negras. En la plaza, los corros de gente parecían detenidos en esa luz indecisa que borraba gestos y movimientos de los que solamente hablaban. La mayoría estaba de pie y el rumor que se levantaba de la plaza redonda, sin jardines ni calzada y media docena de bancos llenos hasta los respaldos, no era más fuerte que el de la brisa que empujaba restos de polvo y de plantas en dirección al mar.

Martin y Abdellah estaban apoyados en una fachada ocre, distanciados de la masa de chilabas que ocupaba el centro de la plaza. Lo más cercano era un grupo de muchachas árabes, vestidas como los demás, pero a las que la ropa amplia y basta ocultaba de una forma especial. Parecía como si sobre los cuerpos elásticos y con energía hubiera caído un manto uniforme de secreto que sólo permitía expresarse a las manos y a la cara.

Era un corro más agitado que los que se veían detrás. En realidad, ni siquiera formaban un corro. Se trataba más bien de dos filas enfrentadas de cuatro o cinco muchachas que se reían a golpes y el ritmo de esos golpes parecía manejarlo una que caminaba entre las filas diciendo cosas y tocando los cuerpos que se contraían y a veces reculaban. Algunos hombres miraban hacia allí regularmente. A diferencia de las otras, la que se movía por en medio llevaba la cabeza sin cubrir, con una melena corta de color caoba oscuro que acompañaba estratégicamente la resolución de los gestos intrigantes y algo perversos con que agitaba al grupo. Era distinta en más cosas. Su tez era menos oscura sin dejar de serlo: en cualquier caso bastante blanca como para dejar asomar dos rosetones que le encendían la cara por encima de la mancha tostada de la piel. Los labios carnosos, pero dentro de líneas alargadas y de un rojo diferente, enseñaban con la risa permanente una dentadura brillante. Después estaban los ojos, con párpados semitristes, de color pardo verdoso, que chispeaban y se hacían más grandes de lo que eran en una cara de perfiles rectos, pero de estatua conmovida. Era bella. Bella como para tragarse ella sola toda la luz que quedaba en la plaza redonda y para iluminar también a los que querían estar cerca. Bella como para quedarse aparte del paisaje. Más extranjera que Martin, el pájaro perplejo de ojos líquidos que no podía mirar a otro sitio.

—Vámonos, ya —dijo Abdellah—. Se va a dar cuenta todo el mundo y después van a mirarme a mí.

Martin no le escuchaba.

—No parece de aquí. Me habría fijado antes —murmuró.

—Es de aquí —contestó el cojo con cansancio—. A ella le gusta decir que su padre era francés y que su familia es fasí o de Casablanca, según le da, pero ha estado toda su vida en la casa que está pegada a la mía.

—Me habría fijado antes —seguía repitiendo el larguirucho.

—El año pasado era distinta. Las mujeres crecen de una vez. Hoy son niñas y mañana están sosteniendo el pez en el zapato. Y ahora vámonos. Podemos esperarla en la puerta de mi casa. Tiene que volver enseguida.

—¿De verdad trabaja en el Lucus? —Martin había puesto un brazo delante de Abdellah, que empezaba a marcharse.

Salima continuaba revoloteando entre las otras muchachas. La cara se le había ido encendiendo, pero seguía yendo de un lado a otro como si el juego la excitara cada vez más en vez de fatigarla. No miraba a Martin y Abdellah, pero los muchachos estaban suficientemente cerca y formaban parte de un público que ella metía sin querer en su juego, igual que metía las miradas furtivas pero intensas de los hombres de los corros. La mirada de Martin, por su parte, era de las que esperan una contestación y esa espera le retenía contra la incomodidad de Abdellah.

—De verdad trabaja en el Lucus, pero tú no sabes qué es el Lucus —gruñó Abdellah.

—¿No es la fábrica de conservas? —preguntó distraído y tratando de alargar el ultimátum que le había dado su amigo.

—No sé qué quieres de Salima —dijo el cojo mientras empujaba sin convicción el brazo que le cortaba el paso—. La fábrica de conservas, sí. Muchas mujeres esperan a la puerta hasta que cae alguna de dentro. ¿Qué crees que es Salima, Martin?

Martin no podía responder a eso. Salima estaba allí, demasiado cerca como para ser distinta a lo que los ojos de Martin estaban viendo. No podía descubrir nada de ella que no estuviera en la plaza, la figura delgada sobre los pies ligeros, el pelo caoba, los ojos y la boca que nunca hubiera podido imaginar por su cuenta, extraña en un paisaje de rumor polvoriento.

Habría danzado así en su memoria de esa noche y de muchas noches más, si Salima no se hubiera parado de repente y se hubiera puesto a toser con una mano en la boca y otra en el estómago. Las otras muchachas también se pararon. Salima se apoyó en un hombro y después empezó a respirar con la boca muy abierta. Hizo un gesto gracioso con la mano, como si se diera aire y se despidió del grupo con una sonrisa. Pasó por delante de ellos sin mirarles, con la cara enrojecida y la piel brillando de sudor.

—Va a su casa —dijo Abdellah.

—Vamos detrás.

La encontraron sentada en la puerta, con los brazos rectos apoyados y la mirada perdida en la pared de enfrente. Martin y Abdellah se quedaron una puerta antes y se sentaron también después de que el cojo echase un vistazo al portal.

—Voy a hablar con ella —dijo Martin.

—Está en la puerta de su casa —advirtió Abdellah.

—Sólo hablar.

—Yo vivo aquí —dijo Abdellah apretando los dientes.

El larguirucho había hecho el gesto de levantarse y permaneció en ese gesto, echado hacia adelante con la mirada de pájaro fijo, a punto de caer y de volar al mismo tiempo.

La postura inmóvil de la muchacha, por cuyo perfil de estatua perfecta y extranjera debieron de estar resbalando con la parsimonia de una caricia los ojos verdes y líquidos, se descompuso con un nuevo golpe de tos. Fue extraño. En el primer acceso, ella se volvió y miró a Martin como si acabara de descubrir que él estaba allí y Martin se retiró como el que se cubre de un fogonazo. Ella echó rápidamente las manos a la cara y esas manos también fueron extrañas, porque resultaron ser mucho más negras que el resto del cuerpo, sobre todo las uñas, donde el tinte oscuro corría por canales amarillentos. Martin arrugó ligera, pero perceptiblemente, el ceño y durante ese tiempo no debió ver el cuerpo sacudido por una queja seca, de perro, que llenaba la calle y entraba en los portales, porque durante ese tiempo sólo vio uñas negras.

Durante ese tiempo, por la postura del cuerpo retirado y la arruga frontal que parecía hacer preguntas al resto de la cara y al cerebro que la movía, Martin parecía haber sido desconcertado por la simple aparición de unas manos capaces de esconder todo lo que Martin había visto. De esconderlo para descubrir que la mujer que había visto tal vez no era distinta de las demás y que las uñas negras eran la única realidad después de toda su imaginación. ¿Quién crees que es Salima, Martin?

En aquella confusión —instantánea, pero que quedó marcada en una expresión nueva— Martin no se fijó en el muchacho un poco mayor que ellos, con el mismo rostro de Salima aunque de una oscuridad entera, que había empezado a hablar con Abdellah en español y que sólo quería hablar con Abdellah.

—Ya lo ha visto todo, Abdellah. Ahora se puede ir —estaba diciendo el desconocido, de pie y casi encima del cojo.

—Nadie está viendo nada, Temsamani. Estoy en la puerta de mi casa. Déjale en paz —Abdellah miraba a la goma de su muleta, pero con una firmeza que Martin estuvo a punto de agradecerle allí mismo.

—Comes en su casa y vives de su casa. Pero no le traigas a mirar a la mía. ¿Eres su perro, Abdellah?

—¡Eh, tú! Espera un momento —empezó a decir Martin.

—No estoy hablando con usted. Estoy hablando con mi vecino. Le pido que se esté usted callado. Sabes lo que pasa, pues si sabes lo que pasa ¿a ti te gustaría? —siguió el llamado Temsamani, mientras se escuchaban las quejas de Martin, que no conseguía levantarse del quicio.

—No vuelvas a llamarme perro, Temsamani. No vuelvas —la muleta del cojo pegó en el suelo con una fuerza que hizo retroceder al que estaba de pie—. O por Alá vivo que no te van a bastar las dos piernas que tienes. Te he entendido y ahora nos vamos. Ahora nos vamos, Martin.

Cuando se levantaron, Salima había desaparecido.

—Es culpa mía —dijo Martin, más adelante, en una de las callejuelas que desembocaba en el terraplén, con la noche cerrada.

—No es culpa de nadie —contestó el cojo y la figura achaparrada le pareció fuerte por vez primera, no mutilada o gruesa, sólo fuerte.

—Él dijo que tú sabías lo que pasaba. ¿Qué pasa, Abdellah?

—Por eso sé que no es culpa de nadie.

—¿Es por Salima?

—Salima no es como tú, Martin. Y tú tienes que saber que no es como tú.

—¿Es porque es pobre? ¿Porque es magrebí?

—Porque es pobre y porque es magrebí, como tú dices.

Martin se puso delante del cojo y le paró con las manos.

—No es por eso —dijo el pájaro mirando hacia abajo.

—Te equivocas. Es por eso.

—Dime la verdad, Abdellah —los ojos del larguirucho le miraron de una forma especial y Abdellah los estuvo estudiando antes de responder.

—Te he dicho la verdad. Está enferma. Porque es pobre y porque es magrebí. ¿No es eso lo que te he dicho?

Los brazos de Martin se desplomaron lentamente.

—¿Enferma?

—Enferma. Y tiene que morir.

—¿Cuándo?

—Algún día.

—Todos nos morimos algún día, Abdellah. Pero yo quiero saber cuándo.

—Algún día, ésa es la fecha. Tú sabes que tienes que morir algún día, pero ese día no está contigo ahora. Salima tiene que morir algún día y ese día está con ella ahora. ¿Ves la diferencia?

—¿La han mirado los médicos?

—Ya está bien, Martin. No te pongas pesado. Con médicos o sin médicos, va a morir. Lo tiene aquí —Abdellah se llevó un dedo al pecho.

Abdellah se metió en la casa de la verja y Martin se quedó mirando el horizonte negro más allá del terraplén.

—Tiene las manos negras, la cara blanca y se va a morir —dijo en voz alta, como si estuviera decidiendo algo que tenía que escuchar antes de decidir.

8

Martin, Abdellah, Salima, el maestro del traje gris... Volvía a oscurecer. No estaban allí, pero le habría parecido natural despertarse y encontrarlos. ¿Salima? Eran de carne y hueso. Estaban vivos en alguna parte del mundo, no estaban en un sueño. Había oído el ruido de Abdellah masticando, enderezarse el esqueleto del maestro del traje gris, los pasos en el aula, la tos de Salima. No con el rumor de cañería que deja un sueño, no. Lo había escuchado con la nitidez con que ahora escuchaba el torrente. Si quería podía levantar una mano y agarrar ese ruido, lanzarlo al aire y hacer que explotara igual que un globo, igual. Presencias demasiado pegadas, demasiado vivas que, a pesar de no verlas ahora, le hacían removerse y sacudir el contacto. ¿Eran menos ciertas que la llanura a la que acababa de abrir los ojos, la llanura aplastada por el cielo dividido antes de oscurecer?

Sintió la necesidad de volver a bajar los párpados para seguir en el otro lado. ¿El otro lado? ¿Eran menos ciertas? Pensar en que había dos lados —en los que su cabeza se movía con la misma intensidad y los mismos sentidos— le despejó del todo. Dos lados simétricos unidos por un puente hecho con el material deslizante del pensamiento: bastaba decir «entro» y se entraba, aunque no lo dijera, pero la facilidad era la misma. Ahora podía preguntarse cuál era su lado, y preguntarse cuál era su lado era seguir fielmente la realidad de los sentidos, quizá más, quizá la realidad que llenaba lo que antes estuvo vacío.

Pero no dejaban de ser dos lados y un solo cuerpo que tenía que sobrevivir. ¿Debía elegir el lado de los ojos cerrados y dejarse matar o arrastrar por el extraño?

—Me estoy volviendo loco —dijo en voz alta y despejando con el sonido el mundo que ahora tenía delante—. Estoy aquí, sólo hay aquí. Un tipo ha querido cazarme, eso es aquí. Donde se puede morir siempre es aquí.

Consiguió quedarse sentado después de un esfuerzo que parecía haberle arrancado de una tumba de arena pegajosa. La corriente de agua lamía la planta de los pies. Estaba completamente desnudo y durante un tiempo intentó recordar por qué estaba desnudo. En cambio, su cabeza se limitó a repetir las escenas de la ciudad del terraplén, que se desvanecían más de lo que se desvanecían las preguntas que llevaban dentro.

Alguien le había contado esa historia. Él era esa historia. No había diferencia. Estaba agarrado a ella con una desesperación que hacía palpables a los personajes, al suelo que pisaban, al aire que respiraban y olían, a la ciudad entera de un país que le parecía cercano y lejano al mismo tiempo —por mucho que fuese una historia de ojos cerrados, incluso de sueño—. Le daba miedo la forma en que se agarraba a ella, porque era todo el vacío de su memoria el que se agarraba, todo lo que era y no era en aquel momento ya demasiado largo de existencia fracturada. Pero no tenía más. Tal vez allí hubiera algo que se pareciese a la verdad de algo y, tanto si buscaba con miedo como sin él, no le quedaba más remedio que buscar. Después de todo ¿no estaba tejida con miedo esa historia de la ciudad del terraplén y no estaba tejida con miedo la historia con el extraño? Quizá no podía haber evidencia sin miedo, ni memoria sin miedo, ni acción tampoco. Importaba menos el miedo que lo que uno hacía con él: lo que uno hacía, en resumidas cuentas.

De algo estaba seguro. Aquella historia giraba alrededor del tal Martin. Era él quien estaba en todas las escenas. La cara de pájaro cuellilargo mirando a todas partes, azotada a la vez por la necesidad de hacer cosas y por el desconcierto de todo lo que hacía. Pero ese Martin sabía demasiado poco de sí mismo para que alguien, ni siquiera el soldado desnudo con los pies en el agua, pudiera reconocerse en él. Puede que no se tratara sólo de lo poco que sabía de sí mismo —pensó desordenadamente, mirando las revueltas de la corriente en los talones—, sino de lo poco que sabía de lo que con toda seguridad iba a ocurrirle. ¿Con toda seguridad? De repente, tuvo la sensación de que podía predecir el futuro de Martin. No le conocía ni le reconocía, pero hubiera podido construir su vida hasta el final. Con hechos falsos, desde luego, con puras imaginaciones, aunque también con la certeza de que se parecerían tanto a Martin como la biografía real. Una especie de poder sobre ese Martin, como el que se tiene sobre un niño que está aprendiendo o sobre un ser inferior. Tal vez, sobre un error cauterizado por el tiempo y con la cicatriz siempre a la vista.

No era Martin, porque Martin era todavía cualquiera y puede que lo fuese siempre. Pero también por eso mismo, él era Martin en ese momento. Un hombre sin memoria y casi sin esperanza: cualquiera. Tal vez entonces se estaba pareciendo al muchacho larguirucho y, si se miraba en el espejo del agua, descubriría los ojos verdes, líquidos y perplejos con los que el otro cualquiera se asomaba al mundo.

Se puso de rodillas y buscó su reflejo. El agua pasaba deprisa, con el reluz superficial que daba el resplandor oculto de la noche y la poza negra y abultada debajo. Vio, cortada por tiras de movimiento, la silueta en sombra del cuerpo. Tan perfectamente oscura y al mismo tiempo tan perfilada, como si el foco escondido de aquella tiniebla estuviera en el centro de su espalda. Se acercó hasta rozar el agua. Pero no vio más.

9

La sombra del hombre en la sombra del río. Todo era negro y lógico. Metió la cabeza en el agua y la dejó dentro hasta que faltó el aire. Al sacarla, y mientras notaba la humedad que corría por una piel verdadera, con huesos verdaderos debajo, volvió a verle en la otra orilla. No le extrañó en absoluto. En cierto sentido, ni siquiera llegó a asustarle. Desde que vino la segunda vez, ya sabía que iba a venir siempre. Igual que vendría una tercera y una cuarta si él resistía lo suficiente. El fanático del otro lado había hecho demasiados intentos y ahora no podía desaparecer sin llevarse el peso de toda esa derrota. En cambio, si sólo hubiera cruzado el río una vez y sólo hubiera fallado una vez, podría haber olvidado. Un deseo y un solo intento pueden pensarse como un error: pero la insistencia convertía el error en duda, la duda en ceguera. Y la ceguera hacía siempre el mismo camino. El soldado sonrió a medias, con la satisfacción un poco inútil del que está empezando a comprender lo que, en definitiva, es absurdo y no va a cambiar porque se entienda. Podía comprender, pero eso no le descargaba de ninguna amenaza.

Enseguida se sintió desnudo.
do, pero ahora se sintió desnu
del extraño, la seguridad de qu
rían en contacto los dos cuerp
ción por encima de sensaciones
cas y palpables, como la de luc
un riesgo mortal. En ese mom
desnudo, no en peligro.

Miró alrededor y descubrió un poco más allá, casi junto a la ribera, la mancha de algunos bultos. Fue hacia el lugar sin volver la vista y con paso rápido, sin llegar a correr, pero calculando mentalmente el tiempo que el adversario tardaría en cruzar la corriente y el tiempo que él necesitaba para comenzar vestido la escaramuza inevitable.

Encontró primero las botas, y se las puso. Pensó que tenía que ponerse lo que encontrara, en el orden en que lo encontrara, por si finalmente el otro era más rápido. Ató las hebillas. Aunque se enfrentara al fanático con un par de prendas, por lo menos no se sentiría desnudo. Después, encontró la camisa y la cazadora. También el cinturón con cartucheras. No miraba atrás. Cuando llegó al pantalón, se dio cuenta de que no podría ponérselo con las botas calzadas. Entonces calculó la última fracción de tiempo que podría quedarle, quitarse las botas, ponerse el pantalón, volver a atarlas. Demasiado tiempo, demasiado y tenía que medir la posibilidad de quedarse sin botas y sin pantalones y la posibilidad de tener como mínimo las botas. Al tercer segundo de ese cálculo, ya sabía que era tarde para calcular. El extraño no había llegado todavía, pero estaba seguro de que era tarde para calcular. Se observó con las piernas al aire, las cartucheras, las botas y las prendas de arriba. Ridículo, tal vez, aunque en ningún caso desnudo y desprotegido como un animal fugándose de la caza. Estaba casi vestido de soldado y eso le producía una vaga impresión de resistencia y de [illegible]r expresar al otro su resistencia. Un soldado [illegible]sarmado, pero un soldado a fin de cuentas. No una pieza desnuda, no carne de arrastre. Entonces se dio la vuelta con la certeza de que el plazo se había cumplido.

El extraño había llegado corriendo y jadeaba ligeramente por la boca entreabierta. El soldado se fijó en su camisa blanca, tan blanca como el primer día y sintió una envidia que volvió a hacerle sonreír. Aquel ser obcecado tenía a alguien que cuidaba de su armario y que le ponía limpio para ir a la refriega. Pero también se fijó en dos líneas oscuras que bajaban de los ojos y se adelgazaban a un lado de la boca. Dos arañazos profundos que se habían quedado en aquella cara y que nadie, pensó el soldado con su ironía recién estrenada, podría lavar ni planchar de un día para otro. Esos arañazos le hacían mayor. Puede que no fueran sólo los arañazos, sino también el gesto y la carne que se habían organizado de forma diferente en torno a ellos. Está creciendo, volvió a pensar.

—¿Puedo ponerme los pantalones? —preguntó con un sarcasmo que le pareció evidente.

—¿Y después vendrás? —contestó con toda seriedad la especie de miliciano.

—¿Adónde?

—No empecemos con eso.

Había entendido que tenía una tregua y que podía alargarla. Se sentó en el suelo y se descalzó sin dejar de mirarle.

—Tus jefes deben de tener buena opinión de ti —dijo con una suavidad hipócrita.

—No sé lo que dices —contestó secamente.

—Obedeces muy bien. Incluso obedeces más de lo que te mandan —estaba de pie, abrochándose los pantalones.

—¿Más de lo que me mandan?

—A ti te habrán dicho que defiendas una posición

o cosa parecida. Pero tú sales a explorar por ahí, te encuentras a uno con otro uniforme y te pasas tres noches luchando. No he conocido a muchos así.

—Yo no obedezco órdenes... —el extraño dudó un momento—. Yo tengo que llevarte conmigo.

—¿No obedeces órdenes?

—No... —dijo la palabra mirando fijamente al soldado, como si escudriñara lo que la palabra iluminaba en el rostro de enfrente.

—¿Nadie te manda? —siguió el soldado agachándose hacia las botas.

—No...

—¿Quieres decir que estás en la guerra por tu cuenta? —le miró como si de repente hubiera dejado de entender, incluso se quedó quieto con una de las botas en las manos—. ¿Qué eres? ¿Una especie de ejército?

—Cálzate de una vez y vámonos.

El soldado continuó con una lentitud desconcertada.

—Dios mío. Seguramente estoy a cientos de kilómetros del primer sitio habitado, en mitad de lo más parecido a un desierto, y he ido a toparme con un loco que cree que es un frente de batalla.

—No estoy loco —después de decirlo, su expresión cambió visiblemente—. ¿Quieres decir que estoy loco porque no obedezco a nadie? —parecía bastante satisfecho con la deducción.

Tenía que reconocer que el otro le sorprendía de vez en cuando. Por un lado, debía sufrir alguna dificultad con el idioma, quizá hasta con el lenguaje: la rigidez del que está siempre traduciendo —el punto de duda y de distancia entre códigos opacos—, y también la rigidez del que está acostumbrado a vivir consigo mismo en un mundo sin palabras. Por otro, se alimentaba deprisa de lo que escuchaba. Esto ya lo había notado antes. Quizá no aprendiera más que como un imitador de voces, pero el soldado no podía estar seguro de que sólo fuera eso. Y, aunque no fuera más, la rapidez con que lo hacía llevaba a pensar en una materia viviente más plástica que la de un fanático. Quién podía saberlo. Al fin y al cabo, los fanáticos —incluyendo en el grupo a varias clases de loco— tenían la conciencia más moldeable de la Tierra. No podía estar seguro. No estaba seguro de nada y temió que esa confusión se notara en lo que iba a decir.

—Estás loco porque haces la guerra solo. Eso es lo que he dicho.

—Y estoy solo porque no obedezco a nadie: también lo has dicho.

Estaba creciendo. Las cicatrices le estaban haciendo crecer.

—De acuerdo, de acuerdo. Quizá sea mejor decir que estás loco porque te obedeces sólo a ti mismo. ¿Te parece bien?

—¿Y eres tú el que lo dice? —estaba lejos de haber encajado el golpe.

—¿Qué pasa con que lo diga yo?

—Tú tienes que saber algo de la otra obediencia —de nuevo la mirada escudriñando.

—¿Yo?

—Esa palabra la has sacado tú —el tono sonó extrañamente a evasiva, cuando lo anterior indicaba en una dirección precisa—. Debes saber muchas cosas sobre ella, si la has sacado.

Ahora el desconcierto era real. Tenía que ver con el extraño y su manera de decir cosas. No recordaba haber sacado la palabra por ninguna razón especial, excepto por la de ganar tiempo y vestirse. Si tenía algún valor diferente, algún valor del que él fuera propietario, estaría escrito en el papel blanco de su memoria igual que el resto de su vida y de sus palabras. Había atado la última hebilla y se enderezó con una energía que casi acabó en marcialidad, como si la confusión pudiera dominarse con extensiones de músculo.

—Lo único que sé, y que quizá tenga que ver con la obediencia, es que no voy a ir contigo.

—Debes venir —las fibras del tipo joven se tensaron y el soldado vio cómo esa tensión subía hasta la cara por venas rebosantes.

—Creo que eres un poco artista en lo de no contestar nunca a nada. Siempre acabamos hablando de lo que yo hablo. Tan artista como un frontón, pensándolo bien —los sarcasmos parecían más fuertes que el miedo que estaba volviendo y empezaban a gustarle a pesar de que quizá no fuesen más que ese mismo miedo vestido con prendas tolerables.

—Debes venir —le hubiera gustado ver aquella sangre agolpada.

—No.

El tipo joven cerró los puños y bajó la cabeza hasta clavarla en el pecho, como si hiciera el esfuerzo de pasar un bolo de furia atragantada y también como si fuese el primer movimiento de una embestida. Un gesto que habría parecido infantil, si le hubiesen quitado la terrible presión de la carne. Ni tragó, ni embistió. Comenzó a sacudir la cabeza de un lado a otro —ahora se parece realmente a un loco, pensó— dando una negativa que rebotaba en un tope del cuello y que no se dirigía al soldado, sino tal vez a un interlocutor invisible que llamaba a las paredes interiores del cuerpo perfecto.

—No tengo nada que decir, nada, nunca. Nada en absoluto. Estoy aquí, hay que irse..., nunca..., nada en absoluto —el aire salía entre dientes y el sonido se ahogaba.

El soldado empezó a dar marcha atrás. De pronto, le había asustado más oír al extraño hablar consigo mismo que toda la violencia de golpes y amenazas de las noches anteriores. Tuvo la sospecha de que le quedaba mucho por conocer, mucho de aquel hombre dividido entre su lengua y su fuerza, de las que parecía al mismo tiempo dueño y esclavo.

Echó a correr hacia el interior, sin fijarse en lo que hacía el otro. Miraba el cielo negro disuelto en el reluz y sentía bajo los pies el suelo esponjoso que se tragaba los talones. Desde el principio supo que iba demasiado deprisa y que pronto se quedaría sin fuerzas. No le importaba. Quería correr en ese momento y sobre todo quería hacerlo con todas las fuerzas. Después, se salvaría o moriría, pero eso sería mucho después de lo que sentía ahora y después de ahora era todo lo que necesitaba. Mientras escuchaba el aire de su propia boca, dejando exhalaciones de ruido en la llanura desierta, tal vez con un fondo de oquedad que alargaba lo que ya era inmenso, pensó que las palabras que había cambiado con el extraño pertenecían al mundo de las ilusiones —junto a aquella ciudad del terraplén y a aquellos personajes irreconocibles— del que estaba escapando como sólo escapa la desesperación, hacia cualquier parte y con energías que el trayecto no tiene otra misión que agotar.

En el fondo, la carrera —o cualquier otra huida que hubiese utilizado— no hizo más que preparar o intentar preparar el cuerpo para los golpes. Y cuando esos golpes llegaron, por lo menos no llegaron a continuación de las palabras que el extraño se dijo a sí mismo: lo más temible de todo, la oscuridad completa.

Tuvo la sensación de haber quedado exhausto nada más zafarse del primer agarrón. Pero las uñas, los gritos y las patadas prosiguieron el trabajo maquinal durante tiempo. Parecía como si el cansancio hubiera separado las aspas de rabia temerosa de su centro nervioso. Y quizá por eso mismo no sintió los puñetazos y los codazos que vinieron después de los agarrones, mucho más precisos y dirigidos por una cara que apuntaba antes de lanzar el golpe. Vio los puños cerrados volar por encima de él y luego llegar a él y perderse en un colchón de nervios dormidos.

Tuvo tiempo de verlos y examinarlos con una atención ajena al dolor. No eran más que huesos encogidos volando a una velocidad de túnel y haciéndose grandes de repente encima de sus ojos. Cuanto menos daño le hacían, más fácil le pareció el movimiento, despojado de la brutalidad y reducido a ejercicio.

Tal vez los golpes habían hecho su efecto tiempo atrás y ahora sólo estaba muriendo. Si era así, no costaba nada cerrar el propio puño, apuntar en la dirección precisa y lanzar el golpe. Un moribundo tenía derecho a hacerlo todo y, en particular, tenía más derecho que nadie a hacer lo que la vida había vuelto contra él, a ponerse en el lugar de lo que había temido y a ser, aunque no durase más que un instante, el capitán de todos los demonios que le habían vencido.

Cerró el puño, miró en la dirección precisa —esa ceremonia en la que se veía visto por el otro con el puño delante de la cara le pareció el punto álgido— y soltó el golpe. No sintió el contacto con la diana. Pero la camisa blanca se fue hacia atrás con un remolino de trapo y se quedó clavada a varios pasos, esperando quizá alguna ventolera.

También el cielo empezaba a dar un horizonte blanco.

—Tú estás muerto —dijo el extraño con la voz más vieja que le había escuchado.

—Todavía, no —dijo el soldado, mirando su puño cerrado y pensando sólo en su puño cerrado.

—Estás muerto —repitió mientras el cielo le empujaba hacia el río.

Todavía, no. Porque esa noche también había sido suya.

10

La calle parecía más polvorienta que las otras. Martin la paseaba yendo de lado a lado, mirando con la actitud errática del que tiene mucho tiempo por delante y poco con que llenarlo. También el sol parecía más perpendicular que otras veces, más amarillo y disuelto en el cielo arenoso. Se detuvo bajo un cartel que decía Cine Chinguiti, miró por una cancela el vestíbulo oscuro y se dio media vuelta enseguida. La calle terminaba y, con la espalda en la cancela, observó la plaza a la que se estaba acercando. La misma plaza con el jardín en el centro, los arcos de la fachada del zoco y la tienda de Yibari.

Echó a andar con paso un poco más decidido, espió de pasada por las cristaleras del café que hacía esquina y bordeó la plaza hasta un arco pequeño y una puerta baja por la que se veía la calle grande del zoco. No se metió dentro. Se limitó a quedarse en esa puerta con las manos en los bolsillos y la cara asomada a las casas azules, los parasoles, las esteras y la gente alrededor de las esteras, mucha más gente que la vez en que el grupo de chiquillos tuvo que decidir bajar al puente del Lucus.

Martin no pareció interesado en el ajetreo comercial —dividido igual que la calle por el regato negro y pestilente— sino sólo en la parte más cercana a la puerta. Puestos en fila, igual que un comité despidiendo a invitados que salían por ese lado, había ciegos gritando jaculatorias con gorros de ganchillo y platos de madera. Eran gritos de verdad y la palabra Allah, tal vez la única que se articulaba, sonaba desde el fondo con un ruido visceral antes de escapar por la boca como un demonio liberado. Los que salían les miraban con miedo y los más temerosos terminaban echando una moneda que apenas permanecía en el plato una ráfaga de segundo antes de pasar a un saco atado al cinturón. Sólo en un caso las monedas hacían un recorrido distinto. Era un ciego que las palpaba en el recipiente y después las metía en la boca. Hacía el gesto de masticar durante un rato y después escupía la moneda en un grumo de saliva directamente al saco. Medía cerca de dos metros y del gorro le colgaban unas trenzas de hilo grueso que bajaban por la estatura imponente. No era del todo magrebí. Parecía de una raza más oscura, tenía los labios gordos y partidos por una cuchillada central, y el sitio de la nariz marcado por dos simples agujeros que miraban de frente. Su tripa puntiaguda no era la de un mendigo. No tenía más semejanza con los otros que las pupilas blancas clavadas en el cielo y el plato de madera.

—¿Eres tú, Martin? —dijo la voz ronca seguida de una sonrisa que le hizo guiñar el ojo que estaba más cerca del muchacho.

—Me has visto —contestó Martin en el tono de estar jugando a un juego conocido.

—Cualquier pastor puede ver al carnero blanco —las grasas del ciego temblaron en una especie de risa interior que desbarataba el rostro—. ¿Dónde vas?

—Voy a comer con mi padre.

—¿No comes todos los días con tu padre? —el ciego volvió a agitarse con la misma especie de risa.

—Hoy vamos a comer en el Centro.

—¿Hoy es un día especial?

—Supongo que sí —el muchacho se quedó pensativo un momento—. En septiembre me voy a Tetuán —dijo como si se le hubiera ocurrido en ese momento.

—Tetuán está lejos. ¿Dan algo allí?

—Voy a ser maestro.

—Eso es algo. Algo y algo. Así va el mundo. Tu padre también te dará algo. Por eso vais a comer en el Centro, ¿eh, Martin?

—Será como tú digas, Alí. Un marabú lo sabe todo —estaba pinchando al ciego.

Alí puso una cara exageradamente reflexiva y pareció alejarse de las palabras de Martin con una expresión remota: todo ello en un cambio brusco de la cara al alcance exclusivo de los que no pueden verse.

—Mi padre también era un hombre santo. Paraba en casa una vez al año y nadie sabía nunca de dónde venía. Yo me quedé ciego muy pequeño y creí que era por ser hijo de aquel padre. Un día, cuando yo tenía veinte años, volvió al poblado y dijo que nunca se volvería a marchar. Era un anciano. Entonces le dije que quería ser un hombre santo como él y andar por el mundo. Pero no me contestó. Se lo repetí muchas veces y él siguió callado. Hasta que un día le anuncié que me marchaba. Tampoco dijo nada. Cuando salía por la puerta, me agarró del brazo y me puso en la mano este gorro de aquí. Yo le dije: ¿para qué quiero este gorro? Y él contestó: tu abuelo me lo dio. Me puse a andar con el gorro en la mano y pensando lo poca cosa que era el gorro comparado con todo lo que mi padre sabía y me podía haber dicho. También pensaba: sólo me ha dado lo que le dieron a él, nada. Entonces estaba enfadado con mi padre, pero antes de entrar en el primer pueblo, me puse el gorro. Y recuerdo los gritos de niños que me rodearon y parecían muchos: ¡marabú, marabú! Desde siempre fui marabú. ¿Tú crees que lo hizo el gorro, Martin? Un padre sólo te da lo que le han dado, fue lo que pensé después de todo.

El ciego se quedó meditando un par de segundos.

—Lo que pasa es que eso puede ser bueno o malo —concluyó sin explicarse más.

—Oye, Alí. ¿Y tú qué das a los que te echan la moneda?

—Eres un niño, Martin. Siempre haces la misma pregunta, la misma desde que eras un crío. Es lo que más te gusta de todo. La pregunta del carnero blanco.

—Venga, Alí. Contesta.

El rostro de Alí volvió a sonreír y a guiñar el ojo.

—Yo soy un hombre santo y hago santas las monedas con mi saliva y, de ese modo, hago santos a los que me dan las monedas. Algo y algo. Así va el mundo. ¿Ya te marchas?

—Es la hora. Adiós, Alí.

—Puede ser bueno o malo —murmuró Alí antes de soltar otro trueno y conmocionar a los que intentaban pasar por la puerta sin pagar sus bendiciones.

Martin rodeó el jardín de la plaza y se metió por una calle con la fachada del mercado al fondo. De pronto, aminoró el paso y miró por el rabillo la acera contraria. Llegó a hacer el movimiento de desvío, pero finalmente siguió por la misma vereda, aunque con una lentitud evidente.

Otro muchacho blanco, casi de su estatura, se acercaba por la misma acera en dirección opuesta. Llevaba el pelo engominado y vestía con un traje de persona de más edad que la suya.

—Hola, Jorge —dijo Martin fríamente.

—Me han dicho que te vas a Tetuán —empezó a decir el otro, bastante nervioso, pero con el ánimo evidente de cuajar la conversación.

—¿Quién te lo ha dicho?
—Tu prima Elisa —contestó Jorge, azorado.
—No es mi prima.
—A mí me mandan a Madrid y el año que viene entraré en Derecho —Jorge trataba de anudar por algún sitio, pero el rostro de Martin lo repelía todo.
—¿Te mandan?
—Bueno, también quiero ir yo —Jorge hizo el movimiento de colocar el cuerpo dentro del traje—. ¿No podríamos hablar antes de que me marchara?
—Tengo que hacer muchas cosas. Ya veremos. Se me está haciendo tarde.
Martin rodeó al otro y empezó a irse.
—Me gustaría saber por qué no hablas conmigo desde hace cuatro años, desde lo de Botho. Éramos amigos, tendrías que haberme dado una explicación —fue lo único que sonó con firmeza en los labios de Jorge.
—Tengo que irme —ahora Martin resultó menos seguro, aunque de todas formas le dio la espalda y torció por la primera esquina, mientras Jorge se quedaba viéndole marchar.
Entró en un vestíbulo con tinajas grandes y se metió por una puerta de la izquierda. Buscó a su padre en un salón de paredes blancas, manteles de cuadros rojos, aperos de mar colgados por todas partes y resguardado del sol de afuera por una atmósfera de sótano. El maestro ya estaba en la mesa, en un rincón del local vacío.
—He pedido arroz y chuletas —dijo el padre, mientras Martin se sentaba—. Es lo que pides siempre.
—¿Tienes que irte enseguida?
—Claro que no. Pero lo peor de los restaurantes es tener que esperar la comida. Ya se sabe que los valencianos no son muy veloces —comentó el padre estirando la servilleta en los muslos y con aire apresurado, a pesar de todo.

—¿Y Zora no ha dicho nada? Cada vez que salimos a comer se pasa dos días sin abrir la boca.

—No —respondió el padre sin mucha convicción—. Creo que no.

Trajeron el arroz y el camarero se quedó preguntando hasta que el maestro le despidió con un ademán.

El hombre mayor comió en silencio, sin levantar en ningún momento la cara del plato. El muchacho, en cambio, se detenía y levantaba la vista. Cada vez, parecía estar seguro de que la mirada le sería devuelta y cada vez volvía a coger el cubierto con la incertidumbre del olvidadizo que retoma una tarea.

El mismo camarero —al que se podía suponer en el inmediato pasado mirando por la ranura de la cocina los progresos de sus únicos clientes— se llevó los platos y desapareció de nuevo. El maestro miró por encima de la coronilla del hijo hacia el fondo de mesas desocupadas y ventanucos con rejas. Dos veces, al menos, volvió a colocarse la servilleta invisible. El último ejercicio de silencio consistió en juntar las manos y apoyarlas, de codos en la mesa, sobre la mejilla, empujando la cara y la vista en una dirección que apenas rozaba a Martin.

—Creí que tenías que contarme algo —fue capaz de decir, aunque fijándose en la mano que rascaba el mantel, su propia mano que en realidad quería rascar en el muro de piel amarilla y huesos secos que había delante.

El padre parpadeó y se esforzó en mirarle mientras deshacía el nudo de las manos con una sonrisa inconsciente. Una mueca destemplada en el cuerpo que estaba diciendo otras cosas. Pero el parpadeo, el movimiento de las manos y de la boca acabaron por dar forma a una idea que el dueño debió considerar útil: la mueca se mantuvo y dio continuidad a lo siguiente.

—También yo he creído que tenías que contarme

algo —sólo un giro distraído a la puerta por donde seguía sin aparecer el camarero—. Has estado tres días en Tetuán y no has hablado mucho.

—Te dejé los papeles —repuso Martin sin la seguridad de que aquello fuera una invitación clara a hablar del asunto.

—Eran sólo papeles —añadió el maestro retirándose ligeramente y abriendo un espacio, también ligeramente, defensivo.

—¿Quieres que hable de Tetuán?

—¿Es que no quieres hablar?

Martin buscó en la silla una posición que no acabó de encontrar. Puso las dos manos en la mesa y después volvió a guardarlas debajo. Esas manos pudieron quedarse allí para contar las cantidades de lo que decía.

—Te he visto hacerlo desde que era pequeño, pero no es porque tú lo hagas. Estaré allí tres años y luego volveré —sabía que no estaba siendo ordenado—. Claro que quiero hablar, pero hemos hablado más veces.

—Es cierto. Hemos hablado —dijo el padre.

—No quiero volver a España. Quiero quedarme aquí y ser maestro.

El hombre del traje gris no dijo nada.

—Es lo mismo que hiciste tú —debió de tener la sensación de estar convenciendo a su padre, y se detuvo—. ¿Hay algún problema? —fue algo intuitivo.

—No hay ningún problema, Martin. De pronto he pensado que nunca has estado en España. Nada más —el hombre mayor hizo el comentario observando el lado por el que se acercaba el camarero.

Empezó a comer enseguida. Martin no miraba todavía el plato.

—No me acuerdo de la casa en la que vivíamos al principio, pero me acuerdo de que todos los días entraba contigo a clase —estaba convenciéndole y era bastante probable que se hubiera lanzado a ello sin preguntarse cuándo había tomado esa decisión y, sobre todo, qué era lo que había sentido para tomarla—. Y nunca me dejaste ir con otro maestro. Ni siquiera en párvulos. Estoy sentado en la misma mesa desde que tenía cinco años. Recuerdo bien el primer día que fui al Grupo. Había una cola de chavales como yo que llegaba hasta la acera de la calle y dos se estaban pegando por ponerse los primeros. Me escondí detrás de ti y vi cómo los separabas. Después entré tranquilamente siguiendo tus pasos y dando gracias porque no me habías dejado en aquella cola. Cuando llegamos al patio, Omar, el jardinero, te dijo en broma que yo era un chico muy serio y que ya se me veía un señor respetable. Era lo que yo sentía de verdad. El pequeño maestro con la cartera llena de papeles gordos y un sitio insignificante para el bocadillo. Recuerdo haberlo sentido ese primer día y ya siempre. Más todavía en los años siguientes, cuando los chavales empezaron a ser cada vez más pequeños y yo no me movía del sitio.

Martin seguía hablando mientras el padre cortaba pedacitos de carne con la inapetencia fundamental que expresaba todo el cuerpo, pero también con la concentración calculada —en un contraste casi desafiante con la falta de apetito— para no dar ninguna señal evidente de lo que pasaba en su cabeza.

—No quiero ir a Tetuán ni a ninguna parte. Lo que quiero es volver aquí pronto —se había ido encendiendo y esto último pareció alcanzar la cima de la emoción.

—Está bien —intervino estratégicamente el padre—. De todas formas, tienes que hacer algo con lo que hay en el plato. ¿No te parece?

Martin le miró algo desconcertado y cogió los cubiertos. Pero no empezó a comer.

—Tengo ideas sobre cosas que se pueden hacer con el Grupo —dijo con la misma pasión con que decidió empuñar el cuchillo y el tenedor.

—¿Ideas? —el hombre mayor se limitó a tirar monótonamente del hilo.

—Tenemos niños magrebíes y niños españoles en la escuela, pero nosotros sólo damos una clase de educación. Los niños españoles no saben escribir ni leer en árabe y los magrebíes tienen que olvidar lo que aprenden en su casa y lo que ven en su propia tierra para poder ser como nosotros. Es un error. Si están juntos, hay que aprovechar que estén juntos.

El padre interrumpió la desganada operación en la que trataba de concentrarse y, antes de levantar la vista y enfocarla directamente al muchacho, pareció componer algo que se reflejó en una arruga que dividió la frente.

—Zora me ha dicho que estás viendo a una chica marroquí —dijo como si acabara de descubrirlo gracias a una evidencia que alguien había colocado en el centro de la mesa.

—Eso no tiene nada que ver —Martin, finalmente, empezó a hacer algo con la comida.

Continuaron en silencio, pero ahora era un silencio en el que los dos estaban de acuerdo. Más tarde, en un punto del tiempo que se había quedado tenso, regresó el camarero. Ninguno de los dos pidió otra cosa. Se quedaron solos y sin nada que pudiera distraerles de la mutua presencia. El padre cruzó los dedos y los dejó caer sobre la mesa, mientras Martin se retorcía en una hosquedad reflexiva que se concentró en las manos azules y sarmentosas que se habían quedado a medio camino entre los dos silencios.

—Es una ilusión —el padre había construido su postura de maestro en la que se amoldaban la voz persuasiva, caliente y entrenada, y el cuerpo rígido de la certeza que va a compartirse.

Tomó aliento como si los pulmones tuvieran que recuperarse de un esfuerzo que todavía no habían hecho.

—Es una ilusión que quieras ser maestro —Martin encajó esa frase sin sorpresa.

—Todo el mundo tiene ilusiones —contestó a pesar de todo.

—No me refiero a esa clase de ilusión. Estoy hablando de un simple engaño, de espejismos. Lo de ser maestro, tus planes para la escuela, la chica con la que estás saliendo, es todo lo mismo y falseado.

El escenario cambió como si una ventolera hubiera arrancado los personajes y el estrado, depositando con un golpe de cuerda actores y decorados distintos, aunque Martin y el padre se parecieran a los de antes y también se pareciese el local vacío. Pero lo anterior se lo había llevado el viento: eso era tan exacto como que el tiempo volvía a contar desde cero. Sin embargo, ninguno resultó especialmente sorprendido, como si los dos hubieran sido advertidos, antes de empezar por el falso principio, de que en algún momento sobrevendría el golpe de cuerda que dejaría listo el verdadero arranque.

—Tan falso como volver a España y estudiar una carrera —Martin llevó también las manos a la mesa y ambos permanecieron en la posición de jugadores que están enseñando cartas, pero que se miran antes de saber quién ha ganado y deciden por la mirada.

—Está bien, pero yo tengo algo que decir. Escúchame antes de pensar que sólo tú tienes razón. Auris vacuis, acuérdate de Lucrecio. Es cierto que te he llevado pegado a mí y que no he querido que te separases ni para estudiar el bachillerato. Todo lo has hecho por libre y, como tú dices, en la misma mesa desde que tenías cinco años, al lado de la mía.

—Por lo menos, eso es cierto —ironizó el muchacho.

—Es cierto, es cierto. Pero ¿te has preguntado alguna vez por qué?

En la cara de Martin esa cuestión dejó una marca clara.

—¿Hay que preguntarse por qué? —protestó, pero en realidad era un refugio.

—Tú pensaste que eras el pequeño maestro. Puede que fuera culpa mía. No lo estoy negando. Pero no fue por eso. Tu madre volvió a España cuando tú tenías cuatro años —los párpados del hombre mayor se cargaron todavía más, los ojos se quedaron con una luz pequeña al fondo de la cueva.

—¿Tenemos que hablar de eso? No has dicho ni media palabra en trece años —también era un refugio.

—Tenemos que hablar de eso, Martin, porque tú crees una cosa y es otra. Yo no te llevaba a la escuela para que fueras maestro igual que yo, ni siquiera para que aprendieras conmigo, ni siquiera para que me vieses. Ni siquiera para verte yo. Te llevaba a la escuela porque tenía miedo. Simplemente, miedo —la piel amarilla hizo más profundas las arrugas.

—Miedo... —no llegó a ser una pregunta.

—Tu madre no quería venir a Marruecos. Pero yo pensé que aquí estaba mi salvación —el tono entrenado del maestro estaba desapareciendo en la rapidez del que no quiere tocar mucho las palabras y pisa en ellas como en la superficie de un barro deslizante que mancha al mismo tiempo que empuja—. Deja que te cuente algo que no conoces o que conoces mal. Yo era el mayor de cuatro hermanos con los que había bastante diferencia de edad. Tu abuelo era militar, llegó a ser general de división, y siempre quiso que yo hiciera la misma carrera. Pero yo odiaba lo que veía, que era lo mismo que todos estaban viendo. Lo que después explotó en la guerra civil. Supongo que lo odiaba porque no sabía qué hacer —movió la mano por delante apartando costosamente una nube—. Y también odiaba a los que lo sabían, como tu abuelo. No quise ir a la universidad y no quise ir a la academia: los lugares donde la gente sabía qué hacer, pero también los lugares donde se descubría enseguida al que no lo sabía. Me hice maestro, que era una forma de quedarse quieto. Naturalmente, me parecía que estaba haciendo algo. Convencía a los niños de cosas sin importancia, las mariposas y las matemáticas, y mientras los convencía algo se estaba moviendo. Pero era una ilusión y en las ilusiones uno puede quedarse quieto.

Las manos azules se abrieron para barrer restos invisibles del mantel. Martin siguió mirando las manos cuando volvieron a juntarse tras un recorrido falsamente apacible. Ahora reconocía, en las manos, en la forma de hablar, el apresuramiento disimulado del padre al comienzo de la comida.

—Cuando acabó lo que cada uno pensaba que tenía que hacer, dos de mis hermanos se habían hecho militares y el pequeño, abogado. El mundo estaba pintado entonces de un solo color, pero no había mejorado. Ni el mundo, ni yo, para decirlo todo. En mi casa me llamaban el maestro..., mi padre, mis hermanos, hasta la muchacha. Me llamaban el maestro y era verdad: no era más que un maestro. Un hombre con un único traje que va y vuelve todos los días por el mismo camino. No pasa nada hasta que alguien le ve y se lo dice. Hay quien lo aguanta mejor que otros. A mí, cuando me llamaban maestro, parecía que el traje se me pegaba a la piel y que el camino se reducía a una acera. Supongo que querían decir otra cosa, no maestro, y esa otra cosa que imaginaba era también lo peor que yo podía decir de mí mismo.

La cara del padre se contrajo y la piel se arrugó más alrededor de los ojos. Martin hizo un gesto de acercamiento, pero el hombre mayor se recompuso enseguida.

—Fue una escapada. Llamarlo salvación es poner más pretensiones de las que caben en un hombre, un traje y una acera. Pasaron varias cosas a la vez. Murió tu abuelo, que en una noche entera de agonía no llegó a mirarme. Me casé con tu madre, que era la hermana pequeña de un compañero de la escuela de Ciudad Lineal. Y perdí una oposición para dirigir un colegio en las afueras de Madrid.

Martin le escuchaba sin moverse, pero la superficie se estremecía. El padre sorbió algo por dentro y continuó.

—Fue una escapada. Y se mezclaron tu madre y Marruecos. Me enamoré de ella pensando que tenía que irme. No me enamoré después, ni antes. Me enamoré pensándolo.

Hizo una mueca que se repugnaba de algo. Martin reflejó esa mueca igual que un niño que trata de asimilar de golpe, quizá para un uso posterior, algo repentino que desconoce.

—No quería venir. Creo que ha sido lo único que he conseguido con claridad, que ella viniera. Era otra ilusión, pero a fuerza de empeñarme cuando tu madre se resistía, acabé convencido de que iba a salvarme —extendió los dedos como si fuera a trabarlos, pero no lo hizo—. Ya no era un crío, ella tenía quince años menos, la idea se hizo fuerte.

¿Martin? ¿Una ciudad con un terraplén y un sótano?

—Habría podido conformarme con ella. Pero me enamoré pensándolo.

¿Una madre?

—Ya estaba embarazada de ti. Se hizo triste. Cuatro años. No digo que estuviera triste, digo que se hizo triste. Eso es lo peor que uno puede ver de sí mismo. Yo lo hice con tu madre trayéndola a Larache. Para los españoles ésta es una tierra militar, ni siquiera una tierra de misión. Al final, encontré aquí todo lo que me había hecho escapar. Guarniciones, comerciantes y chupatintas, donde un maestro es todavía menos que en Ciudad Lineal. Se preguntan cómo llegaste a parar a este sitio. No tienes negocio, ni galones: algo te ha pasado en la tierra de atrás. Es cierto. Ver cómo se hacía triste, cómo yo la hice triste, me paralizó. Yo no era valiente con lo que hacía. Ella había tenido las energías, el aliento, que a mí me faltaron siempre. No tenía que ver con la edad: tu madre era así. Era así, por supuesto —lo último lo dijo afirmando algún recuerdo borroso o echando algún cálculo también borroso.

—¿Te paralizó? —el hijo se había quedado más atrás.

—No fue la ciudad. Al principio creí que era esta ciudad y que debíamos unirnos, aunque fuera mediante la tristeza, estoy seguro de que durante mucho tiempo pensé que la tristeza era un aliado, que debía unirnos contra la ciudad. Pero no era la ciudad, era yo en esta ciudad, lo que vio de mí, lo que vio de mí gracias a esta ciudad y que en Madrid podía explicarse de otra manera, sin necesidad de que se me viera a mí.

—¿Te paralizó?

El padre le miró como si acabara de descubrirle detrás de una polvareda. Poco a poco fue reconociéndole al mismo tiempo que iba reconociendo la pregunta.

—Algo así. Me lo dijo con bastante antelación. Cuando termine este curso, me voy a España. Bastantes meses antes, después de Navidad. Me quedé esperando a que pasara ese tiempo. Luego la vi hacer las maletas y coger la camioneta a Tánger.

—También me dejó a mí —un murmullo con el que Martin constató otra cosa.

—En realidad lo dejó todo para que yo hiciera algo. El final del curso era un plazo para mí, no para ella. Se fue en verano y yo tenía todo el verano. Y tú te quedaste conmigo porque eras la última llamada —lo dijo con el cansancio de un esfuerzo que nunca se hizo, pero que había dejado la fatiga de una pregunta permanente a la que nada conseguía responder.

Un hombre con un traje gris era todo lo que Martin tenía delante. No era el maestro que había construido su aislamiento en el interior de un aula, consumido por su propia solidez o tan viejo como la idea con que había ido transcurriendo. Era un hombre con un traje gris. Tal como le habían visto muchos antes que Martin. ¿Quién lo está descubriendo, Martin? ¿Hay otro tú en otra mesa del local vacío?

—La última llamada. Un niño de cuatro años hace que uno calcule siempre lo que le falta, y que vaya a buscarlo. Pasó el verano, pero no había hecho el viaje. En septiembre te llevé conmigo a la escuela. Quería tenerte a la vista todo el tiempo, porque mientras te tuviera a la vista y tú también me vieses, no echarías nada en falta. Eso pensaba, con miedo de que en algún momento empezaran las preguntas sin final de un niño que se da cuenta de que le falta algo. De todas formas, era mejor que estar esperando todo el día la vuelta a casa, tu recibimiento y todo lo que podías haber acumulado estando solo. La escuela funcionó: empezaron tus descubrimientos y jugaste con una fantasía que no estaba al alcance de los otros niños, tú lo has dicho, el pequeño maestro. Descubriste tanto de ti mismo que no quedaron huecos y yo, por supuesto, no tenía intención de hacerlos aparecer hablando de viajes a España. Así pasó el tiempo y una solución perfecta para el miedo se convirtió en otra ilusión. Esta vez tuya, pero yo la inventé, igual que inventé la mía. Ahora quieres ser maestro y yo sé que el principio de eso estuvo en mi miedo. También lo demás, porque todo tiene que ver con quedarse quieto, que es lo que yo te he dado y lo que inventé para ti.

Hacía mucho que nada se movía en el sótano. Las palabras podían haber subido al aire y haberse quedado tan expectantes como las mesas vacías o los ventanucos, perteneciendo para siempre al lugar y no a la boca que las había dicho.

—Hazlo por mí —dijo de pronto.

Le temblaron las manos sobre el mantel y las recogió en algún sitio de debajo.

—Hazlo por mí —repitió, acaso con la necesidad de poderlo decir sin ninguna especie de temblor.

—¿Qué quieres que haga? —los ojos de Martin se movieron varias veces después de rebotar en los del padre.

—No quiero que se repita esa historia. Tengo la certeza de que he fabricado tus ilusiones y de que te harán daño, porque sé de dónde vienen y son una continuación de lo que ya estaba mal.

—¿Qué quieres que haga? —es lo que hubiera preguntado a cualquiera que necesitase su ayuda, a cualquiera como el hombre del traje gris a cambio de que desapareciese el espectáculo de la súplica y quizá de que desapareciese el que tenía que suplicar.

—No quiero que hagas nada ahora. Después de que me vaya —lo último sonó demasiado inconcreto: podía ser una interrupción o una frase distraída.

Martin movió la cabeza como si la sacudiera de algún hemisferio que debía ocuparse en lo fundamental y no en lo que todavía era ambiguo.

Sin embargo, ¿lo has oído?

—Haré lo que me pidas —igual que antes había dicho quiero quedarme aquí y ser maestro, ideas en una corriente de agua o en un país sin gente.

—Tengo que irme —pero el viejo no se levantó, todo lo contrario, pareció más pegado a la silla y la silla más pegada al suelo.

—Lo que me pidas —tan lejos de aquel hombre que estaba delante que le habría gustado ser aquel hombre, haber contado su misma historia para que alguien como él, como Martin, no le hubiera escuchado y no sintiera lo que estaba sintiendo.

Un hombre va delante, otro le sigue. El que va delante se vuelve y pregunta: ¿adónde vas? Pero antes de que le contesten, dice: yo no voy a ninguna parte. ¿Para quién sueñas este sueño, Martin?

—Es posible que no vuelva —dice el viejo.

—Lo que me pidas, pero dime qué es lo que quieres —¿has pensado que lo diría, igual que pensaste que te llevaba a la escuela para que fueras maestro?

—Estoy enfermo. Tengo que regresar a Madrid —lo ha dicho como si no quisiera hablar de lo otro, haz esto y esto, es un hombre, una acera y un traje, y estar enfermo, muy enfermo incluso, fuese más leve que responder qué quiere.

—Pero antes dímelo. Puedo empezar por donde tú te equivocaste —ha dicho que está enfermo y es imposible escucharle, porque hasta ahora, Martin, sólo ha relatado una larga enfermedad.

La enfermedad en la que no se posan los ojos enseguida, sino la enfermedad de la que los ojos huyen.

—¡Me estoy muriendo, Martin! —ha cogido una de las manos, mías, tuyas, de Martin, y la tiene agarrada como si tuviera que arrastrar un peso.

Y entonces has dicho, balbuceando, llorando, intentando soltar la mano, como si llorases por eso:

—¡Sólo quiero que me digas qué tengo que hacer!

El local está vacío, pero queda una sensación en la mano, en los ojos y en la garganta, a punto de evaporarse todo.

Aunque tú dices:

—Te obedeceré.

11

El soldado ha parpadeado como si estuviera fundiendo las últimas imágenes antes de despertar. Pero enseguida los músculos de la cara se han crispado alrededor de los ojos y los ojos se quedan en el centro de una carne que desemboca en ellos —la expresión física de tierra absorbida por un agujero—. Ha estado a punto de abrirlos cuando Martin ha dicho: haré lo que tú digas. Cuando Martin ha empezado a ser cualquier cosa y también cuando Martin ha sido despojado de lo que quiere ser. Sólo por eso. Sólo con eso, bastaría.

Es curioso que reconozca a Martin ahora y ahora, precisamente, el soldado pueda ser Martin: ahora precisamente que Martin es despojado. Sólo con eso, bastaría.

Aunque hay algo más. Nadie imagina por otro lo que le quitan. Nadie puede si no es la misma pérdida. Y para ser la misma pérdida, ser el mismo. Todo esto se añade a lo que por sí solo bastaría. ¿Se puede soñar con el despojamiento de otro? ¿Puede uno ser otro? Una vida es tan limitada como su muerte: nadie sueña con una muerte que no sea suya. La pérdida es lo que nos pertenece.

Ha estado a punto de abrir los ojos y de ver a Martin metido en el uniforme de soldado. No hubiera hecho falta mirarse en el río, ver en el reflejo al pájaro de ojos líquidos que el día anterior no pudo ver. La verdadera tentación —el parpadeo que estaba fundiendo y despegándose de imágenes—, despertar para reconocerse allí, en la llanura y el río, igual que soñando se había reconocido en el otro lado, en la ciudad y el terraplén. ¿Hay otro tú en otra mesa del local vacío?

No es recordar. Es reconocer. Los recuerdos engañan y no pertenecen. ¿Quién digo que he sido hace veinte años sabiendo que ahora soy distinto? La memoria es la fe en otro lugar, pero nada más que la fe. No es recordar, es reconocer. Padre, durante todo el tiempo sólo has relatado una larga enfermedad. Y entonces, ahora, quiero que me digas qué tengo que hacer. Me estoy muriendo, Martin. Sí, te estás muriendo. ¿Qué puedo hacer yo con tu muerte?

A punto de abrirlos, pero la historia está continuando, tiene que continuar hacia otro final cercano. El tiempo está pegado a otro tiempo como dos caras de página.

Quizá es de noche otra vez. Pero si llega el extraño no tendrá el valor de llevarle dormido: está seguro de eso. Quizá pueda defenderse de él con la vida del otro lado y siempre. Está seguro: ha de llevarle despierto. Se quedará mirando y esperando en la llanura desierta, en el río, en el reluz del universo cubierto.

Martin, ¿para quién si no, sueñas este sueño?

12

—No importa —dijo con una seguridad que la hizo detenerse y sentir que también a ella la afectaba, una seguridad que debería ser destruida cuanto antes—. Sólo estaba pensando que me gustaría estar contigo mientras lo haces —la boca de Salima dejó, al final de lo que parecía ser otro final, una sonrisa forzada e interrogativa, como si las palabras hubiesen ido más lejos que el pensamiento y ahora estuvieran obligadas a esperar demasiado, a esperar dudando.

La mueca enfocó a Martin durante un segundo de indecisión y se desvió enseguida al espigón de rocas que se metía en el mar y en el horizonte atardecido de líneas rojas y negras. Estaban tumbados en traje de baño en la escollera que se oponía a la ciudad desde la otra orilla del entrante. La bruma que arrastraba la oscuridad en sus flecos se había posado en el puente del Lucus y extendido en una bocanada horizontal que dividía el arrecife de casas en dos mitades irreales. Desde el espigón se veía una ciudad que empezaba a ocultarse —una consunción lejana en la turbiedad del aire— dejando en la escollera una impresión de aislamiento provocado, de lugar solo. Salima, evitando aún más el encuentro con Martin —apoyado debajo al nivel de los pies— observaba a la gente que recogía sus toallas y enfilaba por el camino de arriba, junto a los patios de ducha y a las terrazas. Escuchó una voz por detrás, pero la cabeza que había empezado a volverse se detuvo en mitad del giro.

—Yo no subo todavía, Temsamani —dijo secamente.

Martin, en cambio, miró hasta el final. Temsamani estaba ya vestido, pero permanecía en cuclillas en la parte superior de la toalla sin recoger, igual que un vendedor que ofrece su estera vacía después de haberlo vendido todo, aunque también como un vendedor que no tiene nada con que llenarla y se limita a ocupar el sitio de todos los días. Las miradas de ellos sí se encontraron.

—¿Quieres decir que vendrías a España? —la pregunta quedó depositada en un punto intermedio entre Temsamani y Salima.

—No. No iría nunca —contestó ella en un tono excesivo que la obligó a lanzar, inmediatamente después de haberlo dicho, vistazos intermitentes al rostro que tuvo que encajarlo.

Martin se dio la vuelta, abrazó las rodillas y mantuvo la vista en una plancha rocosa sumergida, la única visible en la extensión tupida del agua, donde el mar dibujaba el cerco de una transparencia. Abrazando las rodillas como si el cuerpo fuera un refugio donde el que escapa no puede escapar más, ni tampoco salir cuando lo decide.

—Tienes que marcharte y ser soldado —ella se acercó arrastrando los pies a su espalda, pero luchando todavía con la dureza de su propia voz que no se había ablandado en la misma medida en que aproximaba el cuerpo.

Martin se escurrió sobre las piedras y se tapó los

ojos, la imagen de alguien todavía bajo el sol amarillo y perpendicular del día en vez de bajo el techo difundido y caliente de sus horas finales. La mirada de Temsamani —pudo sentirla— midió el cuerpo tendido igual que si midiera un nuevo alargamiento del tiempo y de la espera en cuclillas delante de la toalla.

—Yo no te he pedido que lo entiendas. Lo único que quiero es que esto no signifique nada. Nada para nosotros —dijo.

—Nada para mí —añadió en un tono distinto y menos sensible.

La cabeza de Martin detuvo los pies que se arrastraban por la pendiente de la roca. Ella los separó y la cara cegada por las manos quedó en medio y dentro de una protección extraña.

—Pero yo sí lo entiendo —contestó doblando el cuerpo y haciendo una media bóveda sobre el de Martin—. Lo entiendo todo. Debe ser así.

—¿Debe ser así? —él retiró las manos y descubrió el rostro inverso de Salima, los ojos con la tristeza verdosa al revés, los labios rojos que no estaban riendo, las mejillas demasiado rosas dentro de la cabellera caoba que colgaba por delante y que si hubiera sido más larga habría escondido con su cortina aquella forma contraria de mirarse de cualquier otra mirada y, sobre todo, de la mirada de Temsamani.

—¿Creíste que esto sería un camino desde el principio hasta el fin? —dijo ella.

—Dime lo que tengo que creer —Martin se puso de costado, rozando un pie de dedos cortos y juntos, a la vez que encogió las piernas, empezando a retraerse hacia la bóveda que formaba la mujer inclinada con los pies separados.

Ella colocó primero las manos en el pelo lacio y castaño y las mantuvo allí, en un silencio inicial e inmóvil. Cuando habló, los dedos se movieron como peines cuidadosos que moldeaban algo más que el pelo y que llegaban al cerebro de Martin con una sensación de descanso pedido mucho antes.

—No importa —esta vez la seguridad se había disuelto en el sentimiento de haber encontrado la forma de un intercambio posible—. No importa lo que dice tu padre y tampoco importa lo que vas a hacer tú. Habría sido otra cosa cualquiera. ¿Te das cuenta? Los dos vivimos en el mismo sitio, pero el sitio no es el mismo país. El sitio no es de verdad, lo que es de verdad es lo que es distinto. Y siempre sería así. Tampoco es verdad que nos hayamos encontrado en el mismo lugar. Tú y yo, aquí, somos mentira. Lo verdadero es lo que vendría después. Una cosa y otra, igual que después de ésta vendrán más, una tras otra. Nosotros también nos haremos distintos. Eso es lo que hay que saber. El camino son muchos caminos que van a cruzarse.

—Cuando mi padre muera, puede que yo no haga nada de lo que digo —desde el primer momento supo que ese consuelo no se lo había pedido nadie y que, además, ese consuelo era la parte más débil de sí mismo y la parte más débil con Salima.

Salima dejó de mover los dedos. Sintió cómo los crispaba un impulso que desapareció enseguida en una distensión que era un nuevo meandro del flujo común.

—Sólo hablas de lo que tienes que hacer. ¿No sientes pena de que tu padre se esté muriendo?

Martin cerró los ojos y se encogió más hacia la mujer.

—La muerte de mi padre es también lo que yo tengo que hacer —dijo.

—Martin...

—Sé lo que quieres que conteste —sabía que la compasión por su padre era también la compasión que le pedía por ella, que el amor por uno se mide todo el tiempo con otro amor de otro—. Siento pena, siento pena, siento pena. Pero no dolor. Todavía no me duele, todavía no es dolor. Porque él está todavía. Es como las casas del arrecife ahora, que están desapareciendo, pero están. Y si hago lo que él quiere, seguirá estando siempre, como estará el arrecife cuando no lo veamos. Se está muriendo, pero no quiere morirse: por eso quiere que yo haga algo con lo que él no se muera. No siento dolor, porque él sólo quiere desaparecer, pero no quiere irse. Él no se muere y yo no siento dolor: ése es el trato y estoy seguro de que él ha pensado que es un trato.

—No sé lo que crees de verdad —dijo Salima, prescindiendo ostensiblemente de lo último—. Pero vas a obedecerle. Quizá ésa es tu forma de tristeza.

—Quizá, simplemente, no quería ser maestro. Ahora, por ejemplo, no quiero ser maestro. Lo que quería es que todo se quedara como siempre —pensó un momento lo que iba a decir a continuación—, todo quieto. Tú, Abdellah, la escuela, Larache. No quería ser maestro, sólo quería tener lo que tenía.

—También tenías a tu padre y no le nombras.

—No pensaba en mi padre.

—Aunque no lo pienses, también estaba tu padre. Le obedeces.

—Yo no soy como mi padre —Martin volvió la cara al otro pie.

Salima levantó las manos y las manos se quedaron protegiendo la cabeza del cielo oscurecido.

—Tú eres distinto y tu padre también está —contestó ella construyendo lentamente lo que decía, siguiendo el ritmo de las manos que volvieron a caer.

Martin se encogió del todo obligándola a abrir completamente las piernas y a cubrir el cuerpo que se retraía.

—Nunca me había acordado de una cosa hasta hoy. Y hoy la he recordado muchas veces. Todo el tiempo he pensado que tenía que contártela. Pasó hace mucho. Puede que sea absurda. Era un crío.

—Si es para mí, quiero que me la cuentes —dijo ella, con la cara muy cerca y el cuerpo flexionado.

—En realidad, no sé si puede contarse, no sé si tiene palabras —dijo Martin verificando mentalmente un reparo que no había previsto.

—Es mía. Sólo tienes que separar los labios —vio sus labios abiertos como si fueran a sorber los suyos y el aire articulado fuera a circular después por el túnel de aquel contacto.

Martin sintió que su cuerpo se extendía a las paredes de Salima.

—Te he dicho que fue hace mucho —la sensación de tenerla en sus bordes le pareció que contradecía la necesidad de contar nada.

—Me lo has dicho —un calor que salía del interior de ella, igual que de un lecho.

Martin se internó hasta el último hueco de Salima, que sintió el tope y lo endureció para atrapar.

Supo que iba a decirlo todo y que no importaba lo que iba a decir. Que era libre y que era libre para sumergirse hasta donde él mismo podría considerarse perdido. Mientras estuviera en aquel sitio endurecido para tenerle.

—Fuimos a pelear con Botho y los Comerciantes al principio del puente. Venía Abdellah —decidió durante un instante— y también Jorge. No le conoces. Era una emboscada. Salí corriendo sin preocuparme por Abdellah y después me metí en la iglesia de don Elías. Me quedé allí hasta la noche. Mientras estaba en la iglesia pensaba que no podía ocurrirle nada a Abdellah. No fui a mi casa.

Martin se removió comprobando la firmeza de la carne que le rodeaba.

—Quizá pensé que la iglesia era más segura. No, no era eso. No tenía que ver con la seguridad. Creo que pensé que era el único sitio en el que yo podía estar sin que le pasara nada a Abdellah. Era como si estuviera rezando por Abdellah. No rezando. Yo no pedía nada por Abdellah. Pedía por mí, por lo que había hecho y si me perdonaban, entonces también perdonarían a Abdellah y los Comerciantes no le harían nada. En vez de quedarme en la iglesia, pude haberme enterado de lo que le había pasado a Abdellah. Pero prefería quedarme, estar solo con lo que había hecho. Quizá Abdellah me importaba menos que lo que yo había hecho. Después corrí a mi casa y le pedí a mi padre que le protegiera. Pedí, otra vez. Cuando Abdellah vino a casa, dejé de pensar en ese día. Nunca más, hasta hoy. Hoy he pensado que fui a la iglesia por mí y que, cuando me di cuenta de que no era por Abdellah, entonces pensé en pedir para él. Algo que ya no tuviera que incluirme y que fuera verdadero, que pudiera ser sin nada mío, aparte de lo que yo hiciese.

La voz de Temsamani llegó desde otra altura. Parecía haberse liberado de las cuclillas y de la postura de vendedor en una espera inútil. Lo que dijo sonó con el esfuerzo de hacer coincidir su determinación con la firmeza erguida del cuerpo. Más fuerte, más amenazador y, en algún pliegue profundo, menos convincente. El chasquido de Temsamani se había dirigido a Salima, pero Martin sintió que golpeaba en él. Hizo un movimiento con el que empezaba a incorporarse, pero las palmas de Salima lo aplacaron sin llegar a tocarle.

—No voy a subir, vete tú. No te preocupes por mí.

Los dos, sin necesidad de mirarle, supieron que Temsamani no se movía, no regresaba, y que quizá no lo hiciera nunca, al menos en ese espigón, en ese anochecer y mientras la cueva de Salima siguiera recogiendo lo que de Martin quería meterse en ella.

Martin dejó de pensar en el otro enseguida. La forma en que Salima había contestado le lanzó a sensaciones que eliminaban lo de alrededor, el mar, el espigón, el sitio equivocado, incluso Temsamani, lo más cercano. Tuvo la impresión de que Salima les había dejado solos, solos para siempre, para hacer lo que quisieran y en ninguna parte del mundo. Que Salima había decidido, por culpa de Temsamani, que se quedarían allí para el resto del tiempo y que, a partir de entonces, no habría lugar, sólo ellos, sólo lo que tenían entre los dos. No voy a subir, nunca subiré, ésa no es la ciudad, no quiero que nadie me lleve allí. La impresión de un muro que se ha vuelto transparente y todo lo que se había imaginado en el encierro está detrás, para verlo, para tocarlo, incluso para establecerse, mientras el obstáculo se va convirtiendo en una fantasía inoperante o en un sueño que nunca se repite. Salima y Martin solos, una soledad y una eternidad, elevados sobre un mundo que no enseña más ruina que el vacío que lo ha borrado.

Entonces despegó un brazo del esqueleto recogido y apoyó una mano en la rodilla de Salima. La mano fue descendiendo hasta la curva del empeine con una parsimonia consciente, registrando cada estímulo de la caricia y apropiándoselo mientras esperaba respuestas de piel a piel, alguna modificación en el contacto, en la estrechez, en la arquitectura del cobijo. Salima no devolvió nada. Su postura inalterada —también cierto endurecimiento que contestaba al gesto tierno y comprometido de Martin— parecía comunicada aún con la forma en que había rechazado a Temsamani, extendiendo la tensión de las palabras por la red nerviosa sometida de pronto a la caricia.

—Me gustaría tocarte entera —dijo con la incertidumbre de una mano que había llegado enseguida al final del trayecto y que se había quedado depositada a la espera de algo, sin destino ni energías nuevas.

Salima no dijo nada. Él acabó retirando la mano para guardarla en un sitio de su propio nudo.

—¿Sabes qué le pasó a Abdellah? —preguntó como si por su propia cuenta hubiera decidido saltar a lo anterior.

—¿Por qué quieres hablar de eso?

—Es el final de la historia.

Salima se había ido enderezando poco a poco desde la última intromisión del hermano, dispuesta a resistir ella sola —esa resistencia que estaba afectando indirectamente a Martin— la presencia adversa. Por un momento, estuvo lejos de los dos, firme entre corrientes opuestas y recta como si hubiera llegado a la conclusión del choque inevitable si su rectitud y firmeza en ambos sentidos —uno consciente, el otro derivado de esa consciencia por una especie de ley compensatoria y también inevitable— no lo impedía.

—Estabas hablando de ti. De ti entonces y ahora. Lo que le pasó a Abdellah ya ha pasado.

—Sólo quería contártelo todo y que lo entendieras mejor —dijo Martin siendo más sensible a la actitud de Salima que al flujo de la conversación.

—Lo has contado todo y lo he entendido. Quieres tener lo que tenías. Pero has perdido cosas. Ahora te gustaría estar en un lugar como la iglesia, donde todo pasara sin estar tú. Lo he entendido. Siempre te preocupa mucho que lo haya entendido. También he entendido por qué quieres contar el daño que le hicieron a Abdellah.

—Todavía no he dicho nada —protestó sin fuerza, pensando en la iglesia y en Salima, en una soledad en el interior de ellos que detenía el oleaje violento de las cosas y de la que se salía a un paisaje reconstruido.

—No hace falta. Sé que quieres contarlo para sentirte cobarde.

—¿Cobarde? —Martin sólo pensó en su cuerpo encogido en medio de una gran superficie a la intemperie, tal vez aquella misma escollera de la que todos hubiesen huido para obligarle a su propia soledad retorcida.

—Crees que si eres débil estará todo más cerca. Que si dices lo que más odias de ti, te podrán querer. Querías que yo viera lo que le hicieron a Abdellah y lo que no hiciste tú. Tu cobardía. Que yo te quisiera por medio de tu cobardía.

Martin aplastó la cara contra la piedra. Sintió la frialdad y la presión moldeando los huesos de un rostro nuevo.

—Martin... —ahora sí estaba cerca otra vez y otra vez notó los bordes de su refugio, la dureza que le retenía.

—Quisiera tocarte entera —susurró, tratando de esconder el deseo de la voz.

Ella tenía que llegar ahora. No sabía exactamente lo que tenía que llegar, pero Martin lo esperaba con la sensación de estar convirtiéndose en un animal deforme de grandes agujeros receptivos. Lo único que sabía con seguridad es que estaba pidiendo de nuevo y que no se atrevería a tomar, sin el rodeo y la puerta atrás de la petición, lo que se había hecho deseable hasta el límite de la pasividad.

—Vete —el de ella también fue un susurro—. Vete ahora mismo.

Martin, como si le hubiera arrastrado un ciclón y acabara de aterrizar sobre un suelo irreconocible, tuvo una percepción rápida y puramente física de la escollera, de la superficie fría en la que estaba acurrucado, del mar y del cielo cubierto, mientras la ciudad le enviaba luces aisladas de aviso.

—Quiero que te marches, por favor.

Y después de reconocerlo, reconocer que era el lugar de siempre, sin saltos en ninguna especie de tiempo, sin islas ni posibilidades, el lugar de siempre: una experiencia repetida de desconciertos donde siempre estaba a punto de tocar algo que siempre estaba a punto de desvanecerse gracias a un sistema repentino de alejamiento, de succión hacia afuera.

—He dicho que te vayas. Que te vayas.

Las piernas de Salima se movieron con una velocidad retráctil y desaparecieron. Escuchó alejarse los pies desnudos sobre la roca. Fue contando sus pasos sordos como si tuviera que sincronizarlos con los latidos de un corazón que parecía el suyo. Los pasos se detuvieron inesperadamente y también inesperadamente se llevó la mano al pecho con el temor de que algo más, esta vez dentro, se hubiera parado.

—Temsamani —la oyó decir marcando aquel nombre de una forma que parecía colgar detrás de ella y arrastrarse por las oquedades, grietas y aristas de la pendiente.

Temsamani, llegó a decir él en voz alta. Un reconocimiento más y también la denuncia de que, mientras él había decidido aislarse con Salima, Salima cargó con la presencia de Temsamani, se hizo totalmente responsable mientras Martin se ausentaba al interior de ella y se fortificaba en el deseo que Salima tendría que compartir con la presencia y la tensión extrañas.

Levantó la cabeza y miró pendiente arriba. Los dos hermanos se habían quedado de frente, con la misma expresión terminante, callada y resentida que hacía más semejantes las dos caras, una mucho más oscura que la otra, pasada por un tinte artificial y que, a ojos de Martin, sólo podía ser una derivación defectuosa del molde perfecto y claro de Salima. Antes de ir hacia ellos, notando el hormigueo de la sangre que comunicaba vitalidad urgente a los músculos, pensó en la semejanza que se dividía a favor y en contra suya y a la que se enfrentaría pronto con la confusión de su propia mirada, una mirada que vería en la cara hostil de Temsamani la cara deseable de Salima y quizá algún día, quizá en ese mismo momento, por efecto de la animadversión rotunda de Temsamani imprimida con un golpe de sello en esa mirada, la cara hostil de Temsamani en la cara deseable de Salima.

Salima le cortó el camino retrocediendo un paso y dando otro a su derecha con un giro de compás. No necesitó mirarle para situarse en la intersección y detenerle. La figura longilínea quedó parada y mirando por encima del cuerpo menudo la presencia más elevada de Temsamani en la pendiente, no tan alto como el blanco, pero de una complexión más equilibrada y, en ese equilibrio, más segura. Temsamani no dio señal de su aparición. Se limitó a buscar la posición que le dejara de nuevo frente a su hermana.

—Qué estás buscando aquí —llegó a decir Martin por encima de la cabeza color caoba.

La cara de Temsamani se crispó, aunque los ojos no se movieron de Salima.

—Estoy con él y voy a quedarme con él —también Salima pareció alejarse con la forma de decir «él», un «él» fuera de allí.

Martin adelantó el último paso y llegó al contacto con la espalda pequeña. Apenas duró un segundo. Salima, sin mirarle, y después de haber posado la mano otro segundo bajo el pecho de Martin —un segundo de permanencia cuya interpretación debía bastarle a «él»— le empujó con una firmeza controlada devolviéndole al paso anterior, sin que a «él» se le ocurriese siquiera la posibilidad de resistir.

Pensó que Salima prefería estar sola, sola de él y de Temsamani, mientras estuviera en medio de los dos, y que esa soledad ya decidida le igualaba al otro en la ejecución instantánea de un rechazo.

—Sabes que no puedo irme si él se queda —por vez primera sintió la calidad material de la otra voz y la colocó sobre el rostro desencajado, hecho también materialmente de fragmentos cuya desfiguración pertenecía más a un reino inanimado que al de los tejidos vivos.

—Te irás siempre y él siempre se va a quedar. Desde ahora. Yo no quiero que te acostumbres a eso, Temsamani, yo quiero que lo aceptes ahora.

—Ven conmigo, Salima. Se ha hecho muy tarde —el doble oscuro de Salima no la había escuchado, no la escucharía nunca.

Desde la espalda, Martin pudo reconstruir el gesto de impotencia de Salima, el desfondamiento ante una pared que todavía se está empujando. Temsamani ladeó la cabeza hacia el camino de vuelta sin dejar de mirarla y mirándola menos, haciendo de ese gesto una orden más inapelable que todo lo dicho.

—Entonces, vete —dijo ella.

—Vamos —Temsamani extendió un brazo y la mano hizo un movimiento de acarreo indiferente y hostil, dirigido a algo que no es capaz de entender excepto si la mano lo conduce.

Salima aguantó en silencio la orden del brazo extendido, de la misma forma que el brazo extendido inmóvil, ya sin gesto de la mano, cruzado en aquel espacio tenso, aguantó el silencio de Salima.

—Vamos —repitió.

La orden, la palabra de la orden, pareció quedarse tan fija como el brazo y tener la misma dificultad para conmoverse que el brazo para volver a su sitio, dejando libre la distancia y libre la posibilidad de un mensaje distinto.

Martin contemplaba una escena hermética, aislada por una transparencia falsa en la que todo lo visible —porque todo podía verse, tocarse y quizá hasta penetrarse— era el camuflaje más perfecto de lo que cada uno escondía allí donde sólo el que lo escondía podía ver. No era por miedo de Temsamani, de una fuerza mejor reunida que la suya en un esqueleto económico, ni por miedo de Salima, de un simple rictus que le desalojara incluso del suelo que pisaban los pies. No era por esos miedos. La escena donde sólo falsamente hubiera podido intervenir, la escena aislada de él, pero a la que pertenecía, colocó a Martin ante todos los momentos en que la vida, tras una manifestación de fuerza, le había mostrado no tanto su debilidad como una completa falta de recursos. No tanto su falta de poder o sus limitaciones, como el sentimiento pegajoso y sucio de la inanidad. Donde aparecía lo adverso, y siempre aparecía sin constricciones, siempre había un Martin desarmado. Apenas le dio tiempo —al escuchar el trallazo duro de carne contra carne, que hizo que Salima se volviera a él de repente y que Temsamani bajara la vista en dirección a algo que volvía hacia sí mismo— a preguntarse si no sería esa desnudez y ese cuajo inane de su espíritu lo que agrandaba la fuerza de la adversidad en vez de lo contrario: quizá la vida no fuese tan poderosa y lo que pasaba, sencillamente, es que él no podía intervenir, que él no intervenía.

Estaba mirando en el interior de esa pregunta, en el interior donde resonaba contra vísceras y arterias, mientras veía la fisonomía triste de los ojos de Salima —ninguna otra tristeza añadida a la tristeza de la fisonomía— y el agua que empezaba a agolparse —no como un llanto, más bien como un exudado de las órbitas— en el riel de los párpados.

—Ahora, ven —le dijo Salima, aunque ella tardó en moverse y mantuvo la vista fija en la suya como si quisiera enseñarle algo, algo de la tristeza y del agua, antes de partir al lugar donde las manos de Salima, cogiendo las suyas, indicaban con una presión suave y amplia, de yemas y huesos crecidos.

No pudo evitar volverse hacia Temsamani, en una inmovilidad convertida en retroceso, mientras Salima le arrastraba escollera arriba, hacia el camino y la punta del espigón. Temsamani no les miraba y, a través de la oscuridad polvorienta que se despeñaba en un foso compacto en el lado del mar, pudo sentir la cabeza inclinada sobre la mano que había golpeado, incapaz de ver otra cosa que aquella palma caliente que aún conservaba el tacto culpable de todo lo que se alejaba.

Llegaron al camino y Salima empezó a correr sin soltar la mano. Martin seguía detrás, incapaz de alcanzarla a pesar de los intentos que finalmente sólo le hacían más consciente del peso entumecido que cargaba las piernas, igual que en una fuga de pesadilla en la que el sueño, para sobrevivir y alargarse, se resiste a la fuga. Pensó que habían dejado la ropa en la escollera, que era de noche y que tendrían que volver a por ella. Pero no pensó adónde iban.

Pasaron delante de la última fachada de los patios de ducha y entraron en un olor distinto y abierto, con una línea de espuma que temblaba hacia la derecha y la mancha uniforme de la playa que se extendía hasta el final de la línea de espuma. Tuvo la impresión de que la arena producía su propia luz, de que esa luz, que se consumía hacia dentro, era los restos del día descompuesto donde reposaban los contornos desechados de lo que había vivido y ahora descansaba en un lugar sin forma.

Salima se detuvo un momento sobre la rampa de arena que bajaba a la playa y dejó escapar una tos contenida, con un final de silbido. A Martin no le dio tiempo a pensar que la había alcanzado. Volvió a ser arrastrado por una mano que cada vez le parecía más fuerte y en la que su propia mano se fundía con el temor de que esa presión, marchara a donde marchara, desapareciese de pronto.

Corrieron hasta la orilla y en la orilla, la marea quieta y sin rumor, de olas minúsculas que tocaban los pies y regresaban enseguida a la calma sin límites de la oscuridad, le devolvió a Martin la cara de Salima, la cara que no había visto desde que los ojos llenos de agua le miraron un segundo después del golpe de Temsamani.

Martin no hubiera podido predecir la risa silenciosa de Salima, la hilera de dientes blancos que iluminaba la cara y los ojos que ya no parecían tristes sino recogidos en una felicidad que estaban dispuestos a contener igual que antes habían contenido las lágrimas, excepto que ahora el control era la llave compartida de un tesoro y no la puerta estanca de un dolor maldito.

Ella soltó su mano y se quedó muy cerca, sin tocarle. Sólo durante un instante apretó los labios ahogando lo que subía por sus pulmones. Martin sintió su propia mano vacía y la forma en que esa mano, ahora vacía, arrastraba su cuerpo igual que lo había arrastrado cuando estuvo llena.

—Te he sentido igual que al frío —dijo ella más tarde, mientras seguía buscando con los labios abiertos y sin miedo—. Eras tú.

13

—Estás muerto —dijo el extraño con la suavidad de un saludo, cruzando el último tramo de agua y observando al hombre que no tomaba precauciones.

El extraño salió a la orilla y se quedó a distancia, adoptando el aire casi indiferente del otro —detenido ante el río que transportaba las aguas con la fuerza innecesaria de siempre—. En el silencio que llegó enseguida, produciendo una continuidad deforme con las palabras que habían sonado, debieron sentir, sentir y sostener de nuevo, el contraste entre la corriente poderosa y las presencias inactivas y separadas por un suelo inmóvil.

—Ya he escuchado eso antes. Sólo estoy cansado —dijo el hombre de las cartucheras vacías, levantando la cabeza y recorriendo la noche igual de un extremo indistinto al otro.

—¿Cansado? Has dormido dos días seguidos —contestó el extraño.

—No es esa clase de cansancio.

—Entiendo.

El soldado le miró por vez primera esa noche. Decía que entendía.

—No estoy muy seguro de que entiendas —dijo.

—Yo tampoco hablaba de esa clase de cansancio.

Tuvo la impresión momentánea de que ese trozo de conversación pasaba de otro lado, de la ciudad donde Salima decía: siempre te preocupa que entienda. La ciudad donde vivía Martin.

—Ahora entiendes y quieres hablar. Supongo que se trata de una estrategia nueva. ¿Ya no estoy muerto?

Buscó en el extraño, de la forma un poco automática en que busca el desconcierto, algo que se pareciera a lo que ya era distinto, a aquella mansa compañía que a media docena de pasos le contemplaba con laxitud. Apenas distinguió las cicatrices de la cara, pegadas a la piel y sin relieve, sumidas en el brillo mate de las facciones. A esa distancia, casi podía parecer el hombre joven y sin marcas de la primera noche, con una diferencia: algo envolvente —hasta radiante si la memoria de la lucha y de los golpes no estuviera tan próxima— que parecía estar completamente sometido, en él, el guerrero que llevaba la propia guerra a cuestas, a quien le miraba.

—Todo el mundo sabe responder a esa pregunta —dijo el desconocido jugando con la contestación, pero separando con el juego la contestación de la pregunta.

El hombre vio los dientes en el dibujo exacto de una sonrisa, no una mueca o una doblez, sino el gesto desplegado de una satisfacción o de una conquista generosamente expuesto.

—Pero no todo el mundo tiene la suerte de escucharla —se estaba entregando al juego de las respuestas sin poder evitar el contagio de la cara, de los dientes, de la boca que pronunciaba desde la orilla igual que la cara, los dientes y la boca de Salima se habían vuelto tras una fuga en otra orilla—. Has dicho que estoy muerto. Si la muerte es escuchar eso, quizá no sea tan mala.

El extraño no dijo nada. Se agachó y empezó a escribir con un dedo en la superficie pulverizada.

—Me gustaría saber quién eres —dijo el soldado sin ningún énfasis y siguiendo las evoluciones del dedo, pensando en un reflejo posible entre el nombre del extraño y lo que escribía en el suelo.

—Tú sabes quién soy —contestó sin mirarle y en el mismo tono difuso en que se realiza un intercambio desinteresado.

—¿Y tú sabes quién soy yo? —preguntó el soldado a su vez como si todo consistiera en mantener viva la conversación y convertir las dificultades en simples infracciones del logro de continuar hablando.

—Tú estás aquí —dijo el extraño, levantando la vista y mirándole con una profundidad que dejó el dedo en suspenso.

El soldado notó el latido eléctrico con que algo de adentro salía a buscar aquella mirada. La misma corriente que se establece con la felicidad o el afecto y que sale de repente de un cuerpo a otro.

—Me llamo Martin —dijo sin contenerse.

—Está bien. Martin —la cara del extraño registró, aunque no fue más que una borrosidad en la sonrisa y en los ojos intensos, la emoción del soldado al decir su nombre.

El visitante nocturno se sentó con lentitud, como si descargara una especie de intuición o de peso sin alterar la postura relajada. Fue un movimiento suave que alargó la distensión hasta el punto de reposo en el suelo y señaló un lugar de espera, de recibimiento, para lo que Martin había empezado a decir diciendo su nombre.

Martin, a través de lo que le esperaba —la cara radiante, de espaldas al agua, que cada vez se alejaba más de la verdadera cara del extraño señalada por golpes—, sintió que la llanura empezaba a perder la fuerza de las sensaciones, mientras la figura sentada a la que había dicho su nombre se iba transformando en el paisaje real. El sitio en el que podía seguir hablando, tener miedo y buscar. Un cuerpo y, como siempre, un sitio.

—No te oigo bien —la cara del extraño interceptó con un golpe de corriente la corriente de pensamientos de Martin.

—Creo que no he dicho nada. No he dicho nada —Martin no tuvo entonces la garantía de no haber seguido hablando, pero podía tener la seguridad de que, tocado el umbral, no importaba el antes y el después de lo que estaba siendo traspasado.

—Es mejor que te acerques —dijo el extraño.

—Es mejor que me acerque —no supo cómo había sonado su voz, pero el sentimiento era el de haber estado escapando hasta ese instante justo o, más concretamente, el de haber estado al extremo de un hilo que no se había atrevido a recoger hasta su origen.

Caminó hasta la figura sentada y se quedó de pie.

—No sé quién eres —pero se limitaba a mirar hacia abajo, alrededor de un espacio pequeño.

—Ibas a contarme algo —la cabeza levantada hacia él y la sonrisa que había visto antes llamándole y llamándole.

—Es cierto. Iba a contarte algo. He estado pensando todo el tiempo que tenía que contártelo —sabía que las palabras pasaban de otro lado y sabía que el cuerpo que las escuchaba era real y estaba allí en ese momento y en ese lado.

—Entonces es mío. Sólo tienes que separar los labios y es mío.

Notó la carga repentina que bajaba hasta las piernas, las rodillas débiles, el contacto extendido de la piel por el suelo pulverizado y con forma de lecho. Y la presencia del extraño que ya no era extraña y que se deslizaba de la ciudad donde vivía Salima hasta esa otra ciudad igual donde Martin necesitaba ser escuchado y tocar. Porque su ciudad acababa siendo el cuerpo en que se metía.

Creyó que sólo había intentado sentarse, pero cuando llegó abajo encontró a la presencia esperándole como un gran hueco. No podía levantarse o marcharse. Tampoco quería. Aquella simple bajada al suelo tuvo forma de vértigo: había bajado de la aversión al contacto. En ese descenso algo pasó con la naturaleza de las cosas dentro y fuera de él, igual que una gota de agua que se convierte en gas a través del espacio.

Le pareció lógico sentir en la cabeza los dedos suaves que se movían como peines y también el tope duro del cuerpo que le acogió. Había cerrado los ojos desde el momento de vértigo, por eso pudo ver ahora la ciudad, la mujer corriendo, la línea de espuma, una mancha de arena luminosa, aquella cara volviéndose con la felicidad de un lugar hallado.

—Ibas a contarme algo —oyó decir en su cueva.

Estaba a punto de alargar una mano y hacer que subiera por la pierna de Salima, también estaba a punto de decir «quisiera tocarte entera», pero una presión distinta de los dedos le comunicó la urgencia de lo que había escuchado —sin que esa presión distinta alterase la sensación de cobijo, de isla hecha de instantes que se han separado de la tierra del tiempo.

Tardó en contestar porque su mano, desde algún recoveco, tal vez cerrada y guardando la búsqueda para más adelante, sintió a distancia la piel que no había tocado, el polvo de un sueño magnético pegado a las palmas.

—Tengo que volver a casa. Tenemos que volver juntos, porque solo no puedo encontrar el camino. Sé que solo no puedo encontrarlo.

Los dedos pequeños y juntos, la piel oscura, la cara con la tristeza inversa de los ojos, de la boca, los dientes perfectos al reírse no como los de las otras muchachas, mientras el pelo caoba le tendía una cortina protectora.

—Te entiendo, Martin. Tenemos que volver los dos juntos. Donde hay dos, hay siempre un camino. A casa. ¿Por dónde quieres ir, Martin?

Ella le había dicho «te he sentido como al frío». Él, en cambio, sintió sus labios como una flor caliente que se abría y se hacía grande más allá del sitio que tocaba.

—Hay que cruzar una meseta. Después, un mar y después, un desierto. Está allí, sobre un arrecife. Hay un río —dijo.

—Hay un río. Quizá baste con cruzar el río. Entonces llegaremos a casa.

La muerte del padre y la entrada en Salima estaban unidas, se habían unido entonces, quizá por eso Salima sentía el frío. Él se quedaba dentro mucho tiempo, pensando que ellos podían estar muriendo también, hasta que Salima vuelve a besar cada parte que tiene que revivir. Cuando lo hacen la segunda vez, él tiene los ojos muy abiertos, no está pensando en el padre, pero sabe que cuando vuelvan a la ciudad y Salima se despida, las calles estarán vacías, las casas estarán vacías y entonces habrá perdido a Salima y a su padre. Mientras escucha los murmullos de Salima, piensa que aquel amor y aquella muerte se parecen: van a dejarle un espacio infinito y sin señales para toda la vida. Un amor y una muerte están hablando de lo que desaparece.

—¿Sólo con cruzar el río? No. Es un viaje más largo. El río sólo se cruza al final.

Siente que los dedos se mueven más lentamente en su cabeza y entonces mira al fondo de los ojos verdes de Salima para adivinar qué piensa. Salima está aquí. Descansa para un viaje tan largo.

—¿Qué esperas encontrar en casa? —los dedos vuelven a moverse como en el inicio.

—Espero volver —dice—. Espero volver pronto.

—Yo creo que quieres encontrar lo que perdiste. Piensa un poco, Martin. La casa es lo que has perdido.

Los labios de Salima lo dicen, pero él sigue escuchando mucho después de que esos labios se hayan quedado quietos. Ahora es él quien la besa para dejar de escuchar.

—Quiero volver —no está seguro de poder decir más, como si en medio de una borrachera tuviese que hablar con alguien lúcido o como si Salima quisiera discutir cuando él está bebiendo todavía en su cuerpo.

—Cruzas el río y allí están todos. ¿No es así, Martin? Todos los que has perdido. El río que está al final.

—Sí.

—Entonces, más vale empezar enseguida. Levántate y vamos.

—Estoy bien aquí. Sólo un momento. Se está bien aquí —una punta de oscuridad metida en la cabeza—. Además, no tengo fuerzas todavía.

—Tienes fuerzas, Martin. Tienes las fuerzas que necesitas. ¿Creíste que esto iba a ser un camino recto del principio hasta el final? No es un camino, son muchos que se cruzan.

Lo sabe. Lo ha oído antes con esa misma voz, pero en realidad lo está escuchando por vez primera. Salima se lo dice. Quisiera tocarte entera, piensa.

—Tienes las fuerzas que necesitas —le repite—. Y puede que ni siquiera las necesites. Yo estoy aquí.

—¿Me llevarás tú?

—Te llevaré. En cuanto lo pidas.

—Pero será como acompañar a un muerto. Seré un muerto arrastrado a mi casa.

Las manos se detienen en la cabeza. Oye la respiración que llena de aire la cueva de los cuerpos, uno encorvado y el otro encogiéndose en el suelo bajo la curva protectora. Lejos, lejos. ¿Por qué no se quedan así? ¿Fue él quien habló del viaje?

—Alguien me dijo que estoy muerto —continúa diciendo Martin—. Y ahora que hay que volver a casa, estar muerto me parece posible. Estoy seguro de que es el camino más largo del mundo.

—Todos los que has perdido.

—Un viaje hacia allí, un viaje imposible.

—Cruza el río. El río del final.

—Por eso es la muerte.

—Cruza el río.

El aire de esas palabras le ha tocado desde cerca. Casi vuelve a ser otro beso.

—Estoy muerto —dice.

—Pero tienes fuerza. Además, tienes mi fuerza.

Le han agarrado una mano. Corre por el camino de arriba del espigón. Están corriendo hacia una orilla. Cruza el río. Tiene una impresión extraña: la impresión de haber corrido hasta la línea de espuma otras veces en esa noche, la impresión de haber entrado en Salima antes de que ella le agarrase de la mano y escapar de Temsamani, la impresión de tiempos trastocados, hacia adelante y hacia atrás. Ella quiere irse. Nota la presión en su mano, pero no siente la presión en la suya.

—Vamos. Vamos, ahora.

Es un viaje imposible. Él está muerto. ¿Por qué tanta prisa?

—¿Ahora? —ha intentado deshacerse de la mano y no ha podido.

Recuerda que alguien le ha arrastrado otras veces, pero en el mismo momento en que empieza a recordarlo siente la boca que persigue la suya, los contactos que en vez de abrirse como una flor caliente son pequeños como espinas y le hacen un daño reducido. Muchas veces muchas bocas en vez de una vez la única boca.

—No hay nada que esperar. Estoy aquí y puedes volver. ¿Prefieres seguir esperando otras noches?

No son sólo las manos, no son sólo las bocas, es

también un caparazón de músculos que se está cerrando sobre Martin. Nervios duros donde antes ascendían las curvas de Salima.

—Apártate para que pueda levantarme —su propia voz le suena distinta.

Hay una descarga de besos y el abrazo duele.

—Yo te llevaré. Ya te he dicho que voy a llevarte.

—Es para ver el camino por el que vamos a ir —está convenciendo.

—Es por el río del que hablaste. El río que está al final.

—Pero antes había una meseta, un mar y un desierto —la sensación de su propia consciencia, nítida, de cristal.

—Eso ya lo has cruzado, Martin.

Una noche distinta a la de la llanura se ha cerrado ya sobre él. La cueva de Salima tiene paredes heladas y se pegan a la piel.

—Está bien, está bien —siente un miedo reconocible, pero también tiene miedo de que ese miedo sea reconocido—. Quiero ir andando. No quiero que me arrastren a casa.

—¿Andando? ¿Estás seguro? —el abrazo se afloja, pero desde esa liberación le observan y calculan si hará el camino cuando le suelten del todo.

—Estoy seguro. No es más que un río. Eso es lo que has dicho.

—Nada más —está libre de pronto, aunque siente la precaución muy cerca, a su espalda.

Están sentados y Martin no puede verle. Podría levantarse y correr inmediatamente después de alguna frase tranquilizadora. Cualquier cosa que distrajese los reflejos de la presencia. La presencia que es el extraño, está convencido, aunque ha sido Salima durante mucho tiempo esa noche. El extraño con el cuerpo de Salima, las palabras de Salima y, sobre todo, con el Martin de Salima. Una maniobra de distracción y echarse a correr. Pero entonces duda y sigue sentado. Salima ha estado allí con él y le cuesta separarse. No ha sido más que una trampa del extraño o una trampa que Martin se ha hecho a sí mismo con el extraño. Pero la sensación de Salima no ha sido una trampa. La nota en las manos, en la boca, en el sexo. La nariz respira su olor. Y está pensando en salir corriendo. Quizá el extraño tiene razón y pueda volver con el extraño adonde está Salima y están los demás. De hecho, ha estado con ella gracias al extraño. ¿Por qué marcharse, entonces? Sólo ha sido una ilusión, una trampa. Lo sabe y se lo repite muchas veces. Tiene que elegir entre esa ilusión y la llanura tal vez eterna. ¿Eterna? Pero su boca le ha hecho daño y su abrazo le ha hecho daño. No, no es Salima, nunca será Salima. Espera un momento, Martin. ¿No ha sido, al menos, un poco de Salima? ¿No es mejor ese poco de Salima que nada de Salima y tal vez para siempre?

—Te he sentido como al frío —dice de pronto el extraño, acercándose lo justo para que Martin pueda sentir la proximidad total de las caricias falsas y pueda sentir también que el extraño acaba de apostarlo todo de golpe, en el momento más crítico, abusando de su disfraz y equivocándose, porque a Martin hubiera podido bastarle con un poco de lo que quería, pero no podría resistir la mentira absoluta de lo que aún le falta.

—¿Como al frío? —hace la pregunta y una décima después recoge las piernas, toma impulso y corre hacia el interior.

Está corriendo, oye su jadeo y las pisadas sordas sobre el suelo que se hunde. Se ha alejado muy deprisa y el cuerpo no le pesa. Muy deprisa. Nunca ha llegado tan lejos escapando del extraño. Nunca le ha sentido tan a distancia. De hecho, no escucha el ruido de la persecución, no escucha nada del otro.

Hasta que una carcajada resonante le adelanta y llega adonde él no podría llegar aunque estuviera corriendo durante días. Una carcajada de atrás a adelante que le ha cazado con la velocidad de un tiro y sigue su curso de bala hasta cualquier sitio al que él pudiera llegar, más incluso.

Martin se para. Sabe que esa carcajada vale tanto como los brazos y los golpes del extraño. Se vuelve. Le ve cruzando el río y con la boca abierta y estridente mirando en su dirección. Cuando llega a la otra orilla, el rostro se calma y le dice:

—Tú lo has dicho, amigo: estás muerto.

Y Martin sabe que dice la verdad. Le aguarda un espacio infinito y sin señales para viajar adonde están los que ha perdido. Y esa noche, por primera vez desde que combate en la llanura, ha sido derrotado. El extraño se marcha, pero se marcha con su victoria.

Mañana puede regresar a por lo demás.

14

No eran las voces de muchos, sino el ruido único de animal atrapado de repente en la caverna, entre el llanto y la amenaza, un sonido que nunca había escuchado antes y que no era la mitad de pavoroso que el silencio helado que venía después. Un clamor que al llegar a cierto punto alguien cortaba con un cuchillo dejando en el oído el vacío de la noche, de la noche en el mar, de la noche en Larache. Aparecía como una detonación y moría con la misma sequedad, rodeado de calles desiertas y ventanas cerradas. Golpeó la puerta mientras imaginaba el lamento de una pesadilla que soñaba la ciudad entera.

Adentro escuchó otra clase de silencio, el silencio respirado de los que le observaban ocultos.

—Soy Martin, soy yo —susurró pegándose a la puerta.

Sonaron dos cierres y las caras oscuras de Zora y Abdellah aparecieron contra un fondo todavía más oscuro.

—Por el amor de Dios, ¿qué haces tú aquí? Te mandamos un telegrama —Zora le miraba sin pestañear, de arriba abajo, comprobando todavía lo que estaban viendo esos ojos.

—Ya sé que me mandasteis un telegrama. Quiero entrar.

—Vestido así. Te has vuelto loco, Martin —dijo Abdellah sin moverse del sitio.

El clamor llegó de la parte de atrás. Las tres caras miraron en la misma dirección.

—Pasa. Deprisa —Zora se desplazó y abrió los brazos al tamaño de una multitud.

—¿Le pasa algo a la luz?

—A la luz no le pasa nada. Tú no te das cuenta.

—Tranquilízate, Abdellah. No será tan grave.

—Creo que no, chiquillo —dijo Zora con voz normal, quitando a tientas algo que estorbaba el paso. La mujer, la mujer negra y gigante con los dientes de oro que le había sobrevolado durante una niñez por los pasillos sin nadie de la casa, le agarró y le depositó en una silla fantasma. Abdellah arrimó otra muy cerca.

—Voy a hacer el té —anunció la negra desde lo alto.

—No quiero té, Zora. Tengo que hacer una visita.

—Voy a hacer el té —repitió la mujer, arrastrando las babuchas y convirtiendo ese ruido en respuesta. Abdellah se inclinó desde la silla, apoyando una mano lejana en la muleta. Empezaron a asomar filtros de la luz de afuera aproximándose al centro del salón.

—Hoy no es día de visitas. Mañana estará todo más claro —dijo el cojo.

—¿Has visto a Salima?

—Creo que no entiendes lo mal que anda esto.

—¿La has visto o no?

—Olvídate de Salima un minuto y ocúpate de ti antes de que sea tarde.

Martin miró al bulto de sombra inclinado sobre él, rebasando por poco el nivel de sus rodillas.

—De acuerdo. Voy a ocuparme. Pero no quiero escuchar nada si antes no me dices que Salima está bien.

—No tengo razón para pensar que está mal.

—Eso no es mucho decir.

—Salima está bien, está perfectamente. ¿Vale así?

Martin trató de escudriñar en el bulto, pero no veía lo suficiente. En cambio, conocía lo suficiente a Abdellah: en aquel momento tenía que escucharle o despedirse. Pensó que sería mejor no crisparle si, como calculaba, iba a necesitarle muy pronto.

—Vale así. Te escucho.

El cuerpo del tullido volvió a la vertical de la muleta y la cogió con las dos manos. Sonó un suspiro. El aire llegó hasta la cara de Martin. Está aterrado, pensó. En ese momento, el miedo de los demás —el miedo que estaba obligado a compartir— le pareció una exageración que no tenía más objeto que persuadirle.

—Los Yahtahary están en Tlata-Reysana. Han subido por la costa colgando gente de los olivos y quemando policías en las calles.

—Larache es proespañol.

—Eso se acabó, Martin.

Distinguió algo líquido en las pupilas de Abdellah. ¿Abdellah sabía llorar? Para el cojo también se acababan muchas cosas y puede que quisiera su parte en los sentimientos de lo que se acababa. Era miserable, en Martin, pensar sólo en Salima. Abdellah estaba allí, con su mundo protegido acabándose. Había perdido al mismo padre, por vez primera era capaz de pensar eso, y estaba a punto de perder a su hermano. Como perdería la casa y el trabajo en las cocheras. Mientras el mundo débil de Abdellah se derrumbaba, llegaba Martin y no quería escucharle.

—He visto a los de la plaza. Hay más de tres mil ahí —dijo, esperando que Abdellah entendiera que se rendía, que quería comprender y, sobre todo, comprenderle por lo que estaba pasando.

El cojo volvió a suspirar, pero esta vez el aire arrastraba un alivio concentrado, el alivio de la proximidad recuperada, de tener a Martin a su alcance.

—Han quemado la casa del bajá Raisunik y han prendido fuego al negro que estaba allí. Ha sido increíble. Mientras ardía, las mujeres le metían hierros.

—Eso no ha sido de repente, Abdellah. Algo ha ocurrido.

—Ha ocurrido que Marruecos va a ser independiente. Cualquier cerilla llegará a la pólvora. Hace mucho que tú no vives aquí. Sólo vacaciones. Tu tío para cada tres horas para que los trabajadores toquen la flauta. Todos los días hay problemas nuevos. Andan con mucho cuidado en los últimos tiempos. Pero el Raisunik estuvo esta mañana en el zoco de Tlata-Raysana, no sé qué pasó, lo único que sé es que los guardaespaldas dispararon las metralletas y mucha gente murió. A mediodía ya habían llegado los Yahtahary y por la tarde la noticia de la matanza estaba en Larache.

—¿Y la Comandancia?

—La Comandancia no hace nada. Las tropas están acuarteladas. Tu tío llamó y le dijeron que no saldrían de los cuarteles. Los rumis están en casa, se quedan en casa. Y tú eres un rumi, Martin. No olvides.

La bandeja de té llegó arrastrada por las babuchas de Zora.

En la mesilla, la verdosidad del líquido se tragó la luz escasa de la estancia. La mujer permaneció a espaldas de Martin hablando en dirección a Abdellah, como si Abdellah tuviera que traducir sus palabras para Martin y sólo confiara en Abdellah para que las palabras llegaran a su rumi.

—La gobernanta de don Curro ha llamado por la

cocina. Dice que las criadas están repartiendo la casa. A la dueña le preguntan: ¿verdad que no va a llevarse la nevera?, ¿verdad que no le sirve la radio? Está pasando en todas las casas. También dice que han llamado al sumati de Alcazarquivir, que han ido españoles y magrebíes para convencerle de que venga. No creo que venga, porque al sumati de aquí acaban de colgarlo en la Plaza de España. O quizá venga por eso —cuando Martin la miró, Zora tenía la boca tapada con la mano, temiendo lo que salía de su boca, pero con la vista fija en Abdellah.

—Tienes que quitarte el uniforme —dijo el tullido como si fuera un resumen.

Martin se miró la ropa en un gesto reflejo y se quedó meditando con aire de comprobación los correajes y los botones. Fue el primer momento de esa noche en el que notó desajustes. Venía a encontrarse con Salima en un mundo que permanecía idéntico para no conmover ese deseo. Ella estaba donde él la buscaba. Eso era todo. Pero el mundo se estaba moviendo y empezaba a no reconocer los caminos de su deseo. No sentía sus pies para buscarla, pero sentía los garfios de la realidad tirando de un lado y de otro de su nave. Ahora, podía estar tan lejos como cuando cogió el tren en Zaragoza y después el barco para Tánger.

—¿Ya eres teniente? —preguntó Abdellah.

—Sólo alférez —contestó Martin despertando.

Enseguida, como si todo estuviera confabulado para que los sentidos no dejaran su alerta, la plaza volvió a estallar. Las voces salieron de las cuatro paredes del salón, reverberando el grito y estableciendo una comunicación de cueva a cueva. Pero después no llegó el silencio temible. Una salva de tiros se dispersó en el aire y un nuevo vocerío siguió a las detonaciones. Los del salón presintieron —de la forma en que el miedo adelanta los acontecimientos— un giro siniestro de la situación.

—Toda la noche han estado sonando tiros en Larache —dijo Abdellah.

—Estos tiros son distintos —corrigió Zora—. Están pensando algo. O ya lo han pensado.

Las voces de Zora y Abdellah llegaban con una neutralidad profunda y sonaban igual que una radio que se escucha al otro lado de la pared. Las tres figuras se habían quedado quietas en mitad de la habitación oscura, con la sensación de que aquel espacio se iba reduciendo en una vulnerabilidad palpable. El miedo acabaría acampado en el borde justo de la piel de cada uno. Martin notó el agobio que empezaba a endurecer el aire entre ellos. Se levantó y fue hacia la ventana. Tuvo la impresión de que las bocas de Zora y Abdellah se abrían detrás de él, pero no oyó nada. Movió uno de los paños de la contraventana y vio el restaurante de la Casa de España, donde había comido con su padre la última vez, con el farol de la esquina apagado. Después, la calle transversal por donde venía el vocerío, extrañamente vacía en comparación con el tumulto de cien metros a la izquierda, en la plaza con el jardín en el centro y las dos puertas en el zoco. Se acordó de Alí, el marabú. Por esa época andaría en Safi o en Essaouira, pero si estaba en Larache seguramente esperaba en su arco pequeño a que la multitud se despidiera y pasara por delante mientras preparaba una descomunal provisión de saliva y acariciaba sus trenzas. ¿Qué va a pasar, Alí? Pero, en realidad, ya no era la plaza de los jardines, de la tienda de Yibari, ni del zoco. Alí tampoco estaba en ella. Tampoco se vería el cine de la calle Chinguiti, ni la iglesia de don Elías con la cúpula de cerámica por encima de los plátanos. Una nube de pólvora y gritos había envuelto la ciudad y cegaba lo de antes. Su padre tampoco estaba en Larache. Y su infancia de escuela y de peleas en el Lucus se alejaba a la velocidad repentina de los años pasados, como si él, hasta ese mismo instante, los hubiera estado arrastrando de una cuerda, ahora la cuerda se hubiera soltado y hubieran empezado a caer cuesta abajo hasta perderse de vista. La rebelión, tan encendida como los temores de los suyos, le estaba devolviendo la distancia del tiempo, se la estaba devolviendo de golpe, con el vértigo de las cosas perdidas. Quedaba Salima. Todavía quedaba Salima antes de perderse definitivamente con los demás. Ella era una cara y él una mano con miedo de no volver a tocar. Se esforzó en evocar con precisión las facciones y ese esfuerzo —que trataba de acercar lo que los años sin Salima habían emborronado— le colocó otra vez en la habitación a oscuras, con Zora y Abdellah observando.

—Tengo que salir —dijo sin volverse.

Detrás continuó el silencio.

—Quiero ver a Salima esta noche.

—Eso no está bien pensado —respondió Abdellah suavemente.

Se dio la vuelta y les encontró de pie, los dos pares de pupilas agrandados en medio de las cosas incapaces de salir de la sombra. Se habría sentido más cómodo con la presencia de los objetos, reconociendo los espacios de la sala. Pero eso no estaba a su alcance esa noche. Sabía lo que los ojos de Abdellah y de Zora estaban diciendo antes de que Abdellah lo dijera:

—Hay que prepararse para mañana, por lo que pueda pasar. Hace falta un coche y hay que juntar todo lo que quieras llevarte y cargarlo. El dinero del banco lo tenemos en casa desde el mes pasado. Hay casi cien mil pesetas. Y también tendrías que hablar con tu tío. Quizá mañana sea tarde, eso es lo que hay que pensar.

—Después de que vea a Salima haremos el plan.

—Es mejor que veas a Salima cuando todo esté listo.

Caminó hacia ellos y apoyó las manos en los hombros de Abdellah como cuando eran pequeños y Martin quería algo del niño con la pierna de alambre.

—Voy a ir a buscar a Salima —dijo, pero no se atrevió a decir más, porque sintió la dureza de los hombros en vez del peso que esas manos hacían caer siempre sobre Abdellah.

—No voy a ir contigo —se apresuró a declarar el cojo.

—¡Abdellah! —casi chilló Zora.

Martin retiró las manos y esquivó la cara que había contestado a su intención, todavía encubierta, con una dureza que llegó a sentir como una delación o un escarmiento. Había sentido en las palabras de Abdellah el deseo de herirle, pero no comprendía los beneficios que quería sacar de esa herida. Estaba convencido de que Abdellah le acompañaría desde el momento en que imaginó el encuentro con Salima. No sabía por qué. Simplemente se veía junto a ellos desde el primer instante hasta el último. Tal vez necesitaba a cada uno de ellos para el otro, por causa de alguna premonición que seguía oscura, o tal vez sólo había imaginado lo mejor igual que un niño cuando monta en su cabeza la escena completa de su universo propio y feliz. Y ahora le costaba deshacerse de la idea en el mismo plazo en el que tenía que curar el golpe.

—Tiene que actuar como un hombre, Zora —Abdellah se había vuelto totalmente hacia ella, prescindiendo de Martin y reforzando lo que ya estaba dicho—. Es un militar, lleva estrellas, pero se comporta como antes, como cuando era niño. Está soñando, mientras sueña le aparece una idea y, cuando despierta, esa idea tiene que mandar en los que están despiertos. A veces, el mundo deja que la gente como él juegue con sus ideas soñadas y, a veces, no deja. Hay que saber cuándo deja y cuándo no. Martin está soñando. Está escuchando a los de la plaza, incluso ha escuchado los tiros, pero la verdad es que no oye nada. Está soñando, Zora, sólo está soñando. Un niño, y piensa que si se aparta, la vida pasa de largo.

—La vida ya le ha cogido y le cogerá más veces. ¿Cómo puedes decir eso, Abdellah? ¿Es que no sabes? ¿Es que no sabes nada?

El tullido escondía la cara y se enroscaba en la muleta.

—Déjale que aprenda su propio despertar. Por mí no tiene que preocuparse. No tienes que preocuparte por mí —Zora se volvió hacia Martin y le dedicó una mirada entera, sin alegría ni tristeza, abandonándola en lo más hondo del rumi con la falta de esperanza de los que no tienen más que dar y no confían, porque desconocen su valor, en que les sea devuelto.

—Voy a salir —murmuró Martin, buscando entre los muebles a oscuras un pasillo hacia la puerta.

—¡Quítate ese uniforme! —gritó Abdellah con una desesperación que se hizo sentir más que el riesgo que ese grito ponía en la quietud de las casas y la calle.

Martin se detuvo.

—Bastará con una camisa y unos pantalones —murmuró junto a Zora.

—Tráele una chilaba.

La mujer grande no reaccionó.

—¡Tráele una chilaba, por Alá vivo! Y a mí me traes otra y el bastón que está arriba. La muleta se queda aquí.

—¿Es que eres menos cojo que ayer? —contestó plácidamente la negra enseñando sus dientes de oro y una satisfacción profunda.

—No quiero que le vean con el cojo de Larache. Más le valdría entonces ir vestido de alférez y de paso tocar la corneta.

Salieron por la calle del terraplén y tomaron hasta el malecón. La noche era caliente, espesa e inmóvil. Las estrellas se curvaban sobre el horizonte de un mar que dormía en un silencio casi vivo. La luna roja iluminaba debajo el único reguero de agua que imitaba el movimiento con ondas negras en una superficie de escarcha. Doblaron por la trasera del Mercado y siguieron también por la del Grupo Escolar hasta dar en la rotonda arenosa donde espiaron a Salima la tarde de hacía muchos años en que la siguieron hasta su casa. No tropezaron con nadie. Las casas tenían las puertas y ventanas cerradas a cal y canto. Al torcer hacia la calle que habían buscado, Martin dijo:

—Todavía no he pensado qué voy a hacer cuando Temsamani abra la puerta.

—Hoy no es un día para preocuparse por Temsamani —contestó el compañero.

A medida que se adentraban en la calle, escuchaban murmullos en las ventanas altas de las casas. Algunas estaban abiertas, las únicas que vieron hasta ese momento. Aunque nadie estaba asomado a ellas.

—Este barrio quema —susurró Abdellah empujando a Martin hacia la acera de guijarros—. Ahora será más peligroso que a la luz del día. En cuanto llamemos a la puerta habrá cien ojos mirando. Ojalá no se les ocurra nada.

En cuanto el cojo dejó de hablar, escucharon una voz ronca que hablaba monótonamente a la altura de un balcón lleno de palmas. Detrás había luz amarilla y paredes amarillas. Una voz litúrgica dirigida a feligreses absortos o dormidos. Esa voz parecía el cauce principal adonde iban a morir los murmullos, como afluentes del río importante. Cuando se detuvieron ante la puerta de Salima se escuchó aún con mayor claridad.

Martin golpeó dos veces y no pudo evitar comprobar el efecto que habían tenido en la voz. Aquella especie de ronquido articulado no se inmutó. En los segundos siguientes notó que los golpes en la puerta los reproducía el corazón en el interior del pecho. La puerta azulada tenía agujeros de carcoma y nudos que la pintura no pudo disimular. Se fijó en esos detalles porque sabía que eran la última barrera antes de los ojos verdes y tristes, de la melena caoba, de los labios rojos como un dibujo, de los dedos pequeños y oscuros, de la risa silenciosa que hacía más ruido en su interior que una tormenta de golpes sobre aquella puerta. Abriría por la parte de arriba y él la atraería sin esperar a que estuviera abierta del todo. Era tarde, pero se irían. Otra vez a la playa del espigón, hasta la misma línea de espuma de la primera noche. Sólo que ahora no tendrían que volver a despedirse. Al cabo de seis años cobrarían la recompensa de la separación: estar juntos para siempre adonde le destinaran. Ya habían hablado en los intervalos fugaces en que se vieron durante esos largos seis años. Se vieron para acordar el futuro, sin tiempo para más, ni siquiera para disfrutar del tiempo escaso. Estaba decidido, el momento había llegado y todo empezaría en cuanto desapareciera la puerta azulada.

—No hay nadie —dijo Abdellah bastante lejos, a su espalda.

Martin tuvo la sensación de estar reconstruyendo palabra por palabra y después hacer combinaciones hasta dar con el sentido. Ni en la cabeza, ni en el corazón había dado la hora de tener inquietud. Era absurdo que al cabo de seis años una simple puerta fuera incapaz de abrirse. Abdellah hablaba desde muy lejos, no estaba allí y no podía ver lo evidente. Golpeó de nuevo, pero lo hizo con el puño cerrado y más veces.

—Cuidado, Martin —Abdellah estaba más cerca.

Fue el estruendo de la segunda llamada lo que introdujo en Martin la conciencia —una conciencia que entraba con esos golpes sospechosos— de que llevaba esperando y de que la puerta no se había abierto con la urgencia de su pensamiento.

—No está aquí. Volveremos mañana.

La voz ronca de la calle se había apagado. También los murmullos.

—Sabe que estoy aquí. Me está esperando.

Abdellah se puso muy cerca de Martin, tan cerca como si fuese a abrazarle. Con una suavidad exagerada le dijo:

—No están aquí. Estoy seguro.

Martin dio media vuelta y encontró la cara de Abdellah debajo de la suya. El cojo amagó un paso atrás, pero finalmente se decidió por mirar, con la cara desviada, una hilera de balcones altos.

—Tú le dijiste que yo venía hoy.

—Recuerda que te mandamos un telegrama.

—Pero tú le dijiste que yo venía hoy.

—Tal vez estén en la plaza. Mucha gente está allí —dijo Abdellah como si recitara algo.

—Ella no se quedaría a ver un linchamiento. Quiero que me digas qué te contestó cuando se lo dijiste.

—No me gusta este silencio. Nos están mirando. Hay que irse. Vámonos.

Martin cogió la cara de Abdellah y la volvió lentamente. El ojo de la cicatriz y la boca torcida se movieron como si estuvieran ensayando algo.

—Qué contestó cuando se lo dijiste.

La carne de Abdellah parecía derretirse en la mano del rumi. Sin embargo, la voz sonó firme:

—No se lo dije.

El pájaro cuellilargo agrandó los ojos líquidos y se inclinó sobre el cuerpo menudo. El silencio absoluto de la calle parecía discurrir entre los perfiles.

—Supongo que hay una explicación —murmuró Martin mientras la cara se crispaba alrededor de lo que decía.

—Sí —Abdellah cerró los ojos y la boca al mismo

tiempo, en un gesto negativo que contradecía lo que acababa de pronunciar.

Durante los segundos en que Abdellah no dijo nada, la oscuridad, los faroles distantes de la rotonda, las casas mudas, los oídos y los ojos de las ventanas y balcones se convirtieron en testigos expectantes, con la atención amenazante concentrada en las dos figuras que discutían en la calle junto a una puerta que no se había abierto.

—Se han ido —dijo Abdellah con la voz a punto de transformarse.

—Se han ido —repitió Martin, con la necesidad de reproducir lo que oía antes de que llegara franco al cerebro.

—No quieren volver. No quieren que nadie vaya tras ellos.

—¿Estás diciendo que se han ido para siempre? —farfulló desde la estupidez anonadada del que resiste a la verdad porque ha sido despreciado por ella.

El cojo no contestó. Martin quitó la mano de su cara y giró otra vez hacia la puerta.

—Martin...

El estrépito de astillas y bisagras se impuso en la calle como el estallido de una bomba caída en un centro inanimado que entonces empezó a mover sus ondas y a despertar. Se escucharon voces metálicas.

—¡Están viniendo a por nosotros! ¡Sal de ahí! —Abdellah daba vueltas de peonza en el umbral de la puerta destrozada.

Martin pasó por delante de un fogón y siguió andando. Las paredes desnudas olían a la humedad del abandono. Entró en un cuarto con el suelo de ladrillo rojo y una cantimplora de hueso en un rincón. Dos pasos hacia el fondo encontró la última habitación del hogar prohibido durante años y del que era dueño por la fuerza cuando ya no quedaba nadie a quien buscar y cuando su presencia no era más que testimonio de una soledad impotente. Vio un vaso con flores secas de manzanilla, una jofaina y una estera. Y reconoció el lugar de donde Salima obtenía su olor, cuando nunca antes lo había identificado. Volvió a verla y a tocarla en la habitación a la que ya no volvería. Entonces la ausencia se hizo amplia dentro del hombre que le estaba llamando sin darse cuenta. Después de la última llamada, se acurrucó en la estera y sollozó sin una lágrima expulsando algo que ocupaba demasiado espacio.

No supo cuándo vio a Abdellah en la entrada de la habitación, apoyado en el bastón con las dos manos.

—Van a estar en la puerta enseguida. Vámonos, por favor.

—¿Cómo sabes que no volverá? —Martin se rehízo de golpe con una pregunta tocada por el rayo fatal de la esperanza.

—Salima dijo que no la buscaras. Hablaremos en casa. Te pido por ella que nos vayamos de aquí. Ahora, Martin.

El rumi estaba de rodillas, con la chilaba más arrojada que puesta y las manos a medio camino de un gesto que enlazaba la cara y el estómago.

—¿Por qué se marchó? ¿Por qué no tengo que buscarla?

Abdellah giró sobre el bastón y comenzó a marcharse. Con la misma decisión dio media vuelta y se quedó mirando a Martin.

—¿Es que no conocías a Salima? ¿Es que no sabes quién era? ¡Español maldito! ¡Niño idiota! ¿Cuántas cosas esconde tu fantasía? —la ira repentina de Abdellah hizo que el bastón se levantara en el aire y el cuerpo deforme temblara sobre una sola pierna.

El de la estera le miró sin comprender.

—¡Maldito! Salima se está muriendo. ¿Cuándo te lo dije? Tú sólo te acordaste un rato de que iba a morir. Luego hiciste planes que duraban mil veces su vida. ¿Por qué? Dime por qué, maldito. Sólo quiero saber cómo se olvidan cosas así. ¡Cómo se olvidan! ¿Dónde estaba su mal? ¿No te señalé su lado en el pecho? ¡Quiero saberlo! ¡Una muchacha del Lucus! ¿Quién creías que era Salima, Martin? —eran gritos que estaban parando el mundo, parando también a los que se acercaban a la casa como una multitud rumiante del dolor ajeno—. Ahora se ha ido a morir y no quiero verte llorar. No llores y acepta lo que debiste saber, lo que debiste recordar. Con un poco de valor, hermano, con ese poco de valor que te haga ponerte de pie. Ella tampoco quería lágrimas. Ella está bien. Disteis una oportunidad a ese amor y eso es más que su muerte. Lo habéis vivido y ya se acabó. Piensa que lo habéis vivido y que ella ha durado por eso. ¿No es eso la vida, Martin? ¿No es una oportunidad contra la muerte?

—Ha ido a morir —dijo un hilo de voz que salía del blanco.

Había sentido la muerte alrededor desde que llegó a Larache, sin querer sentirla. Hombres ahorcados y quemados, la rebelión. La presencia de esa muerte en el miedo de los vivos. Y se había sentido lejos de Salima poco a poco, de una forma egoísta, por elevación de la angustia de todos a sus propios sentimientos. Pero nunca unió los dos sentidos. Nunca relacionó la muerte en Larache con la distancia de Salima, nunca supo que eran esas muertes las que estaban hablando de la muerte de Salima. No era la rebelión, no era el negro quemado de Raisunik, ni el ahorcamiento del sumati, era Salima quien estaba muriendo y se alejaba de él hacía mucho. Pero él había necesitado muchas cosas para poder decírselo. Salima tenía la inmortalidad de su deseo, no la inmortalidad de Salima.

—Podía haber ido a morir conmigo —dijo adelantándose a otro pensamiento, el pensamiento de que, después de todo, lo que Salima dejaba con su desaparición era el cuerpo de Martin metido en un uniforme militar, cumpliendo un antiguo mandato del padre también desaparecido, arrancado de la ciudad que sabía amar y lanzado a un mundo que desconocía y al que llegaba con falsas herramientas: no estaba ella para que esas cosas no importaran, sólo dejaba el sepulcro de esas prendas bajo el que Martin jamás estaría vivo, ¿por qué no morir juntos?

Salió a la puerta arrastrado por Abdellah. Le vio blandir el bastón por encima de la cabeza y apartar a gente de la que sólo distinguió las manos y los dientes. Abdellah podía con él y con el bastón, y no era cojo otra vez. Igual que el día en el que escapaba de los Comerciantes, excepto que aquel día no escapó y ahora iba a escapar, a pesar de Martin, a pesar de que les acorralaban y a pesar de la pierna de alambre que le mantenía unido al suelo.

15

—Hemos llegado con mucho adelanto, Zora.

La mujer negra, con el pañuelo negro en la cabeza y la sahariana negra siguió mirando el escaparate del otro lado del corredor —intermitentemente escondido por grupos de pasajeros— con una tristeza indiferente, cansada de deambular.

—Queda menos de una hora —contestó concentrándose ingenuamente en el brillo de la bisutería dispuesta en repisas.

Martin, con el uniforme de faena sucio y cargado de correajes, recién apeado de la tempestad de alguna maniobra, estaba sentado junto a ella en un banco largo, cerca de las taquillas donde colgaban nombres de trayectos. Les separaba una tají de barro en la que Zora apoyaba una mano que vigilaba lo más valioso de un equipaje hecho de hatillos.

—Tienes dinero para un taxi. Cuando llegues no cargues con los bultos hasta el muelle.

—No me gusta que te hayas dejado la barba, Martin. Parece que te escondes. Tu cara con barba es una cara escondida —dijo Zora sin apartar los ojos del escaparate.

—No me estás escuchando.
—¿Por qué no? —fue una sorpresa ligera, casi desanimada.
El militar se echó hacia el respaldo. Luego miró en la dirección contraria de Zora y dijo:
—Desde que dijiste que volvías, no me escuchas.
—Nunca había visto una estación de autobuses.
—En Larache había una, la de mi tío. La has vistos más de una vez.
—Hay días en que no recuerdo cosas de Larache. Es verdad, las guaguas que iban a Tetuán. Pero no era una estación como ésta. A veces, no me acuerdo de cosas. Tengo miedo de volver.
—Abdellah está en Larache.
—Abdellah... —la mirada de la negra gigante dejó de ver durante un segundo las repisas y los brillos.
Martin volvió a mirarla. El perfil chato, la boca desmesurada y echada hacia adelante como la de un pez, cerrada sobre los apreciados dientes de oro, la piel negra que había sido ébano y que ahora traspa-rentaba una gasa lívida que subía del fondo de los años.
—Muchos días de aquí os he visto entrar juntos por la puerta. Por la puerta de aquí, no por la de Larache. Sólo sois niños, mis niños. Tan lejos. Muchos días de estos años entrando juntos por la puerta.
—Abdellah podía haber venido, si hubiese querido —dijo Martin en un tono que tenía mitades de disculpa y de consuelo y que, en realidad, no fue más que el reflejo de una parte blanda y removida de los sentimientos.
—Llegó Elisa y te estuvo esperando —Zora quitó la mano de la tají y la cruzó con la otra en el regazo, después se inclinó y la postura pareció tapar un hueco de frío—. No salió del salón. Leía revistas. Yo estaba preparando harira. Esa tarde llovió y se escucharon los cristales. Pensé que no estaba en la casa

de Larache. No pensé nada más que en eso mientras se hacía la harira. Aunque Elisa no dijo nada, ni nadie hizo nada. Pero pensaba en eso y pensaba que ese pensamiento no se quitaría. ¿Elisa es guapa, Martin?

—¿Guapa? No lo sé. Quizá es guapa.

—¿Y cuando estás con ella piensas que no quieres nada?

—No sé lo que pienso cuando estoy con ella —había pasado de un desconcierto perezoso a la decisión completa de eludir algo.

—Tu tío está contento —deshizo el nudo de las manos y volvió a dejar una en la tají.

—Sí.

—No es como tu padre.

—Supongo que no.

—Tu tío ha vuelto y hace cosas para estar olvidando. Cuando te cases con tu prima pensará que eso también podía haber pasado en Larache. Así olvida. Y tú has encontrado una casa. Pero yo pienso en la casa de Larache que no está aquí.

Martin se llevó las manos a la cara. Luego las fue separando con una fuerza que estiraba la piel. Aparecieron los ojos líquidos asomados a una visión fija.

—Tengo que vivir aquí —dijo muy bajo, repitiendo algo que podía desaparecer—. Tengo que vivir aquí.

—Tienes el cuartel, la casa de tu tío y pronto tendrás mujer. Está bien todo. Y tal vez creas que un cuarto es igual que otro cuarto.

—No quiero que hables así. Te pido que no hables así, si lo único que vas a hacer es marcharte —la voz de Martin salió con mezclas desiguales de aire.

Volvió a mirar a Zora y vio el perfil con lágrimas abultadas como si salieran de un manantial espeso.

—No quiero que te vayas —murmuró poniendo las dos manos sobre la que estaba en la tají.

—Y yo no quiero que tengas miedo.

—No tendré.

—Entonces dejarás que me vaya y sólo lo lamentarás cuando te acuerdes de mí. Sólo entonces.

Martin retiró las manos y ladeó la cabeza de un modo que pareció retraerse hacia un cobijo entre el pecho y el hombro.

—Tampoco quiero que digas que volverás a Larache —el líquido de Zora empezaba a gotear cerca de la barbilla.

—No lo diré.

Salió de su cobijo oblicuamente, hacia una zona de campos intermedios con Zora.

—Ahora puedes decirme por qué Abdellah no quiso venir a Madrid.

Martin trató de endurecerse y dar un giro a la conversación.

—Eso sólo lo sabe Abdellah.

—Entonces dime lo que crees tú.

—Lo que yo creo es mío y no vale nada.

—Zora...

Por vez primera desde que estaban en la estación se cruzaron. En los rasgos de la negra había una mueca que podía precipitar, casi al tiempo, una carcajada o un sollozo. Dos de sus dientes de oro asomaron por la boca deformada. Martin estuvo a punto de pedirle que olvidara todo y que sólo pensara en el muelle de La Línea, en el autobús de Tánger, en la llegada, la tarde próxima, a Larache.

—Tal vez creyó que tú no te marchabas, sino que tú huías de Larache. Tal vez creyó que él no tenía motivos para huir. Tal vez creyó que él no tenía que escapar con los que escapan. Tal vez tú no miraste atrás mientras corrías. He pensado mucho en Abdellah cuando no vino. Demasiadas cosas parecen verdad. Pero han pasado los años y hay otras que también son verdad. ¿Qué importa ahora?

—Desde que dijiste que te ibas he estado soñando con cosas de allí. Pero no son sueños. Son las cosas tal como fueron entonces. El sueño no pone nada: todo es exacto. Parece durar lo mismo, igual de rápido o de lento. Es lo de menos. Lo peor es que todo es idéntico. No, no es idéntico, es que está vivo, es que está ahí. Suele estar Salima. Hace un gesto o dice una palabra que yo había olvidado, olvidado del todo, pero hace que me despierte y me acuerde. El otro día vino a buscarme a casa, a la casa de mi padre. Cuando salía para ir a buscarla, la encontré sentada en la grama del jardín con una falda blanca, de esas que tienen vuelo y se ajustan a la cintura, y una camisa de flores. Igual que las chicas que iban de la península en vacaciones. Me dije: ahora sí que es un sueño, porque Salima jamás se atrevería a venir a la casa y menos vestida como una beldi —Martin se cogía el pelo desde los brazos apoyados en los muslos, mirando desde abajo el rostro de Zora que controlaba su emoción con una presión de los labios estriados—. Cuando me acerqué me dijo: ¿te da vergüenza? Era su voz igual a la voz de siempre, que cantaba sin darse cuenta, con una campanilla, yo sé lo que era esa campanilla. La voz que estaba olvidando, Zora, porque lo que más me cuesta de ella es ese timbre que sólo sonaba con ella. También me costaba en la Academia, en cuanto me separaba un poco, un día o sólo unos kilómetros. Así como su cara, no. Su cara la tengo grabada y está cada minuto de cada hora del día, no he dejado de verla un solo día desde el primer día. Cuando han pasado horas sin acordarme y después regresa, es como si yo hubiera estado haciendo algo falso en ese tiempo, como si hubiera hecho cualquier cosa, incluso mala, para que ella no estuviera allí, como se hace con un miedo y después vuelve el miedo más fuerte que antes, porque te preguntas cómo es posible haberlo olvidado, qué fuerte debe ser el miedo para que haya algo más fuerte que él y a lo que, sin embargo, retorna. Ayer pasé con el coche por una calle por la que paso siempre y la vi bebiendo en la barra de una cafetería. Seguí conduciendo y pensando que debería volver a pasar por la cafetería. Pensaba: puede que me esté buscando. El pensamiento empieza a salir fuera de mí, se escurre a los cuerpos y se queda en ellos con la cara de Salima. Mientras estaba sentada en la grama, mientras me hacía la pregunta y yo me iba acercando, me fijé en los lunares del borde de los párpados. Eran dos en cada ojo, dos motas grandes más claras que los lunares corrientes, con una forma de estrella. Recuerdo que pensé que eso tenía que ser también del sueño, porque yo no me acordaba de esas motas. Antes de que contestara a si me había dado vergüenza, me desperté. Entonces me acordé de que Salima vino a buscarme un día en que yo volvía por la noche a Tánger y después a Zaragoza, vestida de la misma manera y de que Salima tenía esas motas en los ojos y de que yo solía decirle que eran por no haberse lavado de pequeña. Bajé a la calle y no podía estar en la calle, todo me apretaba. Entonces volví a subir y me quedé en la cocina contigo, haciendo comida y te hice hablar de Larache hasta que fue de noche. Poco a poco, mientras tú hablabas de Larache, yo fui saliendo de Larache y respirando. Pero no dejo de pensar, cada mañana que salgo de casa, que ese día puedo encontrar a Salima en cualquier calle por la que yo pase.

Martin echó aire y volvió a estirarse la piel de la cara con las dos manos.

—Por eso importa, Zora. Por eso importa Abdellah, igual que importa todo lo que sigue vivo. Tan vivo como si los últimos ocho años hubieran pasado en esta estación esperando que alguno de nosotros volviera.

Zora se inclinó hacia Martin y le rodeó la cabeza con los brazos.

—Así sueñan los muertos, niño. Con todos los detalles de un tiempo que se les hace largo.

Martin tocó los brazos que le cubrían como si se pusiera una corona que le protegería contra el dolor mientras pudiera tocarlos. Escuchó el rumor que venía de los labios de Zora, una especie de gemido que canturreaba en sordina.

Por los altavoces avisaron del autobús que partía para Cádiz.

—Quítate la barba, niño. Parece que te escondes.

Se levantaron y recogieron los bultos del banco y del suelo al ritmo pesado con que se desembarazaban de la emoción.

—Quiero que me compres algo, Martin —volvió a decir mientras pasaban ya cargados por el escaparate de la bisutería.

—¿Que te compre algo? ¿Dónde? —contestó embotado.

—Algo de aquí —Zora miró a Martin con una sonrisa pequeña y volvió la cabeza hacia la vitrina.

Se aproximó sin entender.

—No son más que baratijas, Zora. Yo no quiero comprarte nada así.

—Si me lo compras, lo llevaré siempre conmigo. Y además te lo cambiaré por la tají.

Los dos miraron a la pieza que la mujer llevaba bajo el brazo y Martin sintió un deseo absurdo y desesperado de quedársela. Como si en el apero de barro se encerrasen lo que compartían y perdían y, de repente, él pudiera ser el único propietario de los restos de una despedida y de un mundo que se iba alejando.

—No quiero quitarte tu tají. No te la cambio por nada —dijo.

—¿De verdad no la quieres? —insistió ella descargando lo que llevaba y acercando la tají como una ofrenda hacia donde estaba Martin.

Siguió estirando sus brazos hasta que él, sintiendo el esfuerzo con que Zora aguantaba la pieza pesada, se deshizo de sus bultos y la cogió por la base. Allí debajo se encontraron las manos y mantuvieron el contacto prolongado de las yemas, una caricia donde ninguno de los dos podía verla. Martin supo lo que Zora le entregaba con su tají y Zora se dio cuenta de cómo se iba abriendo paso entre las paredes de Martin, cómo se quedaba allí y qué poco de ella se llevaría el autobús que estaba a punto de partir.

Martin miró el escaparate y se paró en dos pendientes de piedra roja, con forma de gota.

—Quiero escoger yo lo que te lleves —dijo.

—Yo también quiero.

Cuando estaban pasando a la tienda, Zora dijo:

—Pero no digas que volverás a Larache, no lo digas, Martin —y los ojos se llenaron del agua densa.

—No.

16

Puede que fuera guapa y puede que fuera más cosas, pero a él no le resultaba fácil averiguarlo. Tal vez —y al menos ese rango de apreciación lo dominaba— fuese un acopio de signos tranquilizadores de los que ocupan un espacio sin que nadie haga preguntas, sin que nadie se sobresalte o ponga en cuestión, sin ninguna posibilidad de extrañamiento o de violencia, sin la marca de lo diferente, lo suspicaz o lo imposible: pelo rubio, ojos azules, vestidos lisos un poco por encima de su edad, pulcritud machacona en la presencia, delgadez y una llamativa discreción de persona que ha reunido los elementos de su posición en la vida en una forma de moverse.

Lo demás no le resultaba fácil y menos fácil en ese momento en que —en el interior de la casa que miraba el paseo de árboles de poniente, sentada en una silla enfrente de la suya, cerca del ventanal— le cogía las manos y le hablaba.

—Yo no puedo ayudarte, Martin. Tienes que controlar tus sentimientos, sobre todo cuando alteran la vida de los que están contigo. Ya sé lo importante que era Zora —vaciló medio segundo, bajó los ojos y los labios empequeñecieron— y las demás cosas de Larache. Yo también estuve allí, pero ahora tengo cosas que hacer. Igual que tú deberías tener cosas que hacer. Mañana voy al despacho del padre de Jorge para una entrevista de trabajo.

—Una entrevista con el padre de Jorge no puede impedirte estar conmigo esta tarde —Martin hablaba deprisa, intentando que la voz saliera cuanto antes del cuerpo rígido, sentado en el borde de la silla en un falso equilibrio—. Necesito que hoy estés conmigo. No te lo pediré más, sólo hoy. Te lo prometo.

Elisa separó las manos, las juntó en la comba de la falda y se echó hacia el respaldo. Desvió la cara al ventanal y tardó en regresar.

—Quiero estar tranquila esta tarde. Tengo papeles que revisar —contestó con la fatiga que había sustituido al tono persuasivo anterior.

—¿Cómo puedes hablar así? —ahora se estaba deslizando de la crispación a la angustia, como si hubiera descubierto de repente que la cuerda de la que se agarraba se había hecho elástica y su propio peso la estuviese acercando más al fondo—. Te estoy diciendo que te necesito. Hoy no puedo estar solo.

—Hola, papá —dijo Elisa levantando la cara por encima de la de Martin—. ¿No llegas un poco tarde?

—Es la hora de siempre. Hola, Martin —el hombre alto, de una complexión parecida a la del padre de Martin y que de lejos hubiera podido confundirse con él, pero que en la proximidad se le advertía más basto, más trabajado por esfuerzos físicos, analizó durante unos segundos la escena de la pareja hasta que pareció haberla compuesto definitivamente en su cerebro—. Me quedaré por aquí, si no os molesto.

—No te preocupes, papá. No nos molestas en absoluto —respondió Elisa con una especie de alegría sofocada que llegó más adentro de Martin que la punta de sus últimas palabras.

De nuevo quedaron silenciosamente frente a frente, mientras escuchaban al padre acomodarse en el otro extremo del salón. Cuando dejaron de escuchar, Martin observó el rostro relajado de la mujer, casi desafiante, como si le retase a hablar igual que antes.

Pensó que tenía que irse. No solamente porque hubiera llegado don Curro, sino porque todo le indicaba, con Elisa a la cabeza, que tenía que irse. Pero no se movió. Ni siquiera apuntó el gesto. Imaginó velozmente la salida al pasillo, la entrada en el ascensor, la calle, las calles que sucederían a esa calle, las luces transportando su peso nocturno, el vagabundeo por las horas que correrían deprisa hacia la casa en la que no quería estar solo, en medio de una ciudad en la que ya estaba solo con la sensación de haber dejado la maleta en una consigna para buscar alimento y refugio en el sitio que desconocía.

—Vámonos —fue capaz de decir, saltando por encima de sus sensaciones con lo que se parecía mucho a un conjuro.

—No puedo, Martin —contestó Elisa tratando de que el tono no se entrometiera con alguna irregularidad en los oídos del padre.

—Vámonos —repitió ahora con un susurro tenso, de rabia infantil y agarrando una de las manos de Elisa como si fuera a tirar de ella.

Elisa miró fugazmente a don Curro, precavida por aquel susurro alarmante que podría desmontar la normalidad en la que, con la presencia tranquilizada del testigo, sabría defenderse de Martin.

—Suéltame. No puedo ir contigo. Mañana al mediodía hablaremos y estaremos juntos todo el tiempo que quieras —inesperadamente, lo suyo también fue un susurro.

—Elisa... —oyó decir al padre, mientras Martin veía delante la puerta del ascensor, sin fuerza para haber llegado hasta allí, ignorando cómo no había podido moverse un minuto atrás y ahora se encontraba, mediante una especie de salto que le había ahorrado todos los intermedios, en aquellas afueras del descansillo decidiendo inmediatamente bajar por las escaleras.

La avenida de acacias estaba desierta. A la derecha, se escuchaba el runfido de los automóviles que circulaban por la carretera general. Contempló la curva que hacía la avenida y la cuesta siguiente con bloques de pisos. Después venía un descampado con edificios aislados en construcción, un túnel pequeño y otra avenida sin casas. Más tarde, encontraría las terrazas y la gente, el olor agrio del verano que se pudría en la nariz igual que el aire caliente que no se movía del suelo. Esa dirección era la dirección de su angustia —larga, a la intemperie, con habitantes extrañados—, que iba de lo conocido a lo conocido, para terminar en algún cuarto de la casa delante de un plato o de una ventana en los que no se consumía ni pasaba el tiempo. Una ciudad despojada e insuficiente para protegerle: no podía ir a ningún resguardo, ni esperar un refugio. No estaba la iglesia de don Elías, ni la escuela, ni la gruta de Salima: ¿cómo podían estar tan lejos y él tan vivo? Y ahora tampoco quedaba Zora. Elisa podía haberse apretado como una venda en esa zona de dolor. Pero no había querido. Se sentía arrojado por la fuerza —por una fuerza desproporcionada y advenediza— al propio encierro, al encierro del que no saldría sin ayuda. Y sabía que nunca más tendría esa ayuda: era eso lo que finalizaba el mundo. No escaparía.

Echó otro vistazo detenido a la avenida, con la esperanza de que el paisaje —lo precisamente irremediable— le compadeciera. Tuvo la impresión de que las sombras, los recovecos, los árboles y los edificios eran transparentes, de que no había en ellos nada con paredes auténticas, nada en lo que quedar a salvo de las ventoleras que azotan con polvo duro las heridas. Nadie vivía dentro de las casas y los muros no eran más que empalizadas sostenidas con troncos y levantados como advertencias de la indefensión. Si allí vivía gente, sería gente a la que no podría explicar la tierra de la que él venía y explicar a continuación lo difícil que era aprender su lengua, habituarse a su clima y a sus alimentos, y aceptar sus leyes incomprensibles para cerrar el espacio habitable donde es posible la supervivencia con el menor daño. La naturaleza se descargaba contra esa ciudad igual que contra tabiques desamparados, aunque él supiera que esa tempestad era la de sus sentimientos.

En algún momento, no especialmente decidido ni preciso, dio la espalda a la avenida y se puso a caminar hacia la carretera general. Llegó a la calzada en el plazo necesario para darse cuenta de la dirección que había escogido. Los coches pasaban a todo gas. Primero, adelantó un pie en el asfalto y se quedó mirando ese pie. Cuando pensó que el otro tenía que acompañarle, ya estaba caminando a través del asfalto. Un bulto veloz lanzó un aullido y le esquivó. Antes de llegar a la mediana de la carretera —donde se detuvo como si hubiera llegado la hora de echar al aire los dados de la suerte y contar los puntos que rodaban por la calzada— oyó gritos que salían de habitáculos. Entonces pensó que si tenía que volver a casa, lo haría andando por la línea blanca, no por avenidas de acacias, ni descampados, ni bulevares con terrazas. Por aquella línea blanca en la que estaba escrito su destino y que ahora iba a recorrer sin miedo, sin ciudad y sin más esperanza que la que transporta un paso y después otro.

Mientras contemplaba las ruedas de los pequeños mundos que iban velozmente en direcciones contrarias y él iba despacio, casi inmóvil, en comparación.

17

Despertó caminando por el borde justo de la corriente con la impresión de que la corriente aullaba y runfaba. Se despertó, pero no se detuvo. Siguió caminando y prolongando las sensaciones del sueño con la certidumbre de que los movimientos, que ya no eran los de un sonámbulo, contenían algo más que una memoria mecánica. Una prolongación que estaba descifrando algo de su noche actual.

La franja reducida por la que marchaba con el cuidado de un equilibrista comunicaba la línea blanca y central de la carretera de Madrid con la ribera de la llanura a través del hombre, del mismo hombre que la recorría. También el mismo paisaje, su falta de caminos posibles, extrañeza, intemperie y, quizá, el mismo juego con la suerte en un sitio donde las direcciones se resumen en la que no quiere seguirse. El hombre de la carretera no quería ir a su casa y el hombre de la orilla no quería pasar el río.

Miró al costado y no le vio. Sabía que no iba a verlo antes de mirar. Era más inteligente por parte del extraño dejarle solo esa noche. Que a continuación de la ciudad vacía y del abandono, sintiera también la llanura sin nadie. Ahora le costaría entregarse al sueño —el sueño que le defendía del extraño y que le seguía defendiendo— sabiendo que ya no encontraría allí a Salima, Abdellah, Zora, ni tampoco la imagen física, nunca más esa imagen de espigones, vegas, arrecifes, calles de polvo, brisa de olivos sobre la planicie calcinada, de la ciudad que amó y amó sin dejar hueco para más lugares. Aunque ahora tuviese que vivir en el lugar de Elisa, de don Curro, del cuartel. ¿Para qué volver sabiendo que volvería nada más que a un olvido costoso y a las novedades del sufrimiento?

La carretera había llegado hasta la llanura para entregarle el mensaje de las muertes que había vivido y de la muerte a la que estaba jugando cuando despertó. El mensaje decía «muerte». ¿Muerte de Martin?

No había muerto en aquella carretera —aún tenían que llegar nubes de polvo y hombres envueltos en ellas—, pero supo que estaba muerto. Por eso se había prolongado la carretera antes de que terminara su peligro: vacío en vez de peligro. Por eso no iría el extraño. Para que él supiera con sus propios medios lo que no había querido saber cuando le dijeron: estás muerto. Aunque lo sabía desde mucho antes, igual que desde mucho antes había sabido que él era Martin.

¿Por qué ahora era capaz de hacerse preguntas elementales como cuánto hacía que no comía, bebía, que no sentía exigencias del cuerpo, o por qué ese cuerpo se aflojaba o endurecía bajo el mandato de simples emociones como si fuera conducido por ellas más allá de las leyes de sus límites? Preguntas absurdas cuando él había sabido siempre lo que tenía que saber. La ausencia de preguntas era una prueba más para alguien que no necesitaba pruebas. Aunque él continuara jugando a probar y a comprobar, deleitándose con una certeza a la que había llegado, igual que un experimentador anárquico, por caminos que no había perseguido.

Zora le dijo: así sueñan los muertos, con todos los detalles porque el tiempo se les hace largo. El extraño le había repetido: estás muerto. Pero él sólo había entendido su amenaza ¿Y todas las veces que le preguntó quién era, no se preguntaba en realidad dónde estaba él?

Era todo mucho más simple que la lógica de las necesidades, de la interpretación y de los acontecimientos: siempre supo que no volvería. ¿No era cierto que se había quedado en el punto donde apareció la primera noche y que cualquiera que no hubiese sido él habría deducido que aceptaba la compañía del extraño como la única compañía posible y la llanura como la única llanura posible donde cualquier punto no era distinto de esa llanura y más allá de esa llanura sólo estaba la misma llanura?

Podría continuar infinitamente, probando, comprobando. Sentía ese placer como el primero desde su llegada al lugar. Y seguiría así hasta que amaneciera. Haciendo acopio de datos inútiles que ilustrarían lo sabido por un exceso de la propia evidencia.

Antes de continuar, se detuvo un momento. Llegó a sonreír.

—Sé que estoy muerto. ¿Cómo lo sé? —y buscó vagamente al extraño donde no le encontraría.

18

No estaba allí. El cielo era un capote de estrellas limpias. Recordó algo que le recitó Alí, el marabú: nosotros descubrimos a Dios en las contadas estrellas que miramos, no detrás de vuestros millones. Debajo estaban las naves aplastadas del cuartel, con las paredes de cal y el suelo de tierra, a espaldas del campo de carros formando callejones. El cielo le salvaba del rectángulo de muros y del callejón en el que estaba detenido con gente a los lados y gente enfrente.

—Quítense la guerrera y remánguense la camisa —dijo una voz cercana que pronunciaba palabras secas y deformes en una lengua que se parecía a la de todos los días.

No estaba allí. Para no seguir estando allí, se vio saliendo del callejón de carros, atravesando el patio de armas y escuchando las bisagras del portalón y sus pasos en una acera libre hasta la ciudad de hombres sin uniforme. Mientras se veía afuera, se desabrochó la guerrera y entregó el cinturón con la pistola.

—La camisa, mi capitán —insistió la voz.

Miró al hombre que estaba enfrente, más cerca que los otros, y que hacía lo mismo que él. Era bastante más bajo, con hombros rectos y grandes por los que parecía que resbalaba la cabeza que se movía de un lado a otro, como la de un boxeador.

—Las piernas no sirven. Sirve todo lo demás. Compórtense de acuerdo con su rango.

La voz había bajado. El otro seguía acercándose. Dentro de poco, su cuerpo estaría con el suyo y se sentirían en los puños, en los codos, en las uñas, atados en un nudo rabioso. Ese contacto le pareció lo más repulsivo de todo. No eran los golpes, la sangre, el dolor: era el contacto de los que se repelen. El sudor común, la piel común, los vertidos comunes. En medio del asco y de deseos de irse.

No quería pelear. Por fin se lo confesó a sí mismo con la claridad que le robó el acatamiento casi indolente —al menos indolente en la forma de entender su necesidad y su valor— a los pasos que condujeron de la ofensa al duelo. Dio esos pasos disciplinadamente, sin la conciencia de que el recorrido tenía un final y de que lo llevaba consigo en cada uno de los tramos.

Pero ¿qué había ocurrido?, ¿quién era el hombre que también se había quitado la guerrera? Recordaba datos técnicos, pero no recordaba lo necesario para estar allí. Todo lo que recordaba pudo haber tenido un destino diferente del que ahora le parecía desprendido de cualquier causa.

—Preparados. ¿Preparados? Usen sus armas.

Lo único propio que había conseguido en cierto punto del indolente y disciplinado recorrido es que esas armas no fueran mortales o, cuando menos, fulminantes. Una muerte, suya o del otro, estaba por encima de las posibilidades del inanimado tránsito hacia aquel final. Inanimado, absurdamente inevitable: trataba de componer ese sentido cuando el hombre de la cabeza redonda se abrazó a él.

No estaba allí. Notó el olor, que era un olor a serrín, y el bufido que dejó una mancha caliente en el cuello. Vio, por encima de la cabeza que le clavaba huesos, las siluetas quietas de los testigos y el recorte de los acorazados sobre un trozo de cielo. Si aquel hombre hacía lo que había decidido hacer, terminarían pronto. Se dejaría tocar y romper mientras se iba al otro lado de un cristal donde los golpes y los roces se sentían tras una frialdad trasparente.

No era tan fácil. La furia del hombre le entraba hasta adentro, le mojaba como una penetración amorosa, le sorbía y le manchaba, por mucho que negara esa violencia con una dejadez absoluta.

Por un momento pensó en sus propios músculos y en la posibilidad de una descarga. Pero su resistencia o su iniciativa no haría más que alimentar el placer violento, repudiado, que le entraba.

¿Y su placer? ¿Lo obtendría gracias al abandono, a dejarse hacer? Después de todo, en el fondo de la aversión, de la contrariedad, de su falta de fuerzas en medio de un despliegue contrario, había una confirmación de lo que era. Vestía un uniforme al que no había conseguido parecerse y que alguien —aquel padre incapaz de ponérselo y que lo guardó como la herencia intacta de un desarraigo— le había dado con medidas que no eran suyas. Paseaba su vida por una ciudad en la que cada paso le echaba fuera, pero en cuya pared siempre rebotaba como el animal en sus límites aunque hayan sido derribados. Hacía proyectos con una mujer con la que compartía un pasado que nunca vivieron juntos, proyectos que soportaban espalda con espalda, unidos por la parte en que no podían verse ni mirar en la misma dirección. Y lo demás, aquello que hubiera cambiado una simple prueba de energía, no era otra cosa que un agujero por el que ojos débiles miraban la caída ininterrumpida de lo que, anodinamente, sin alarma, se tragaba el tiempo.

¿Por qué no podía sentir el placer de golpes que, finalmente, sólo modelaban la fisonomía del hombre que los encajaba?

Si no hubiera estado allí, todo se habría quedado en una violación de su cuerpo y en el diagnóstico de culpas y explicaciones acerca de un duelista inactivo, de los que podría recuperarse, ante los otros y ante sí mismo, con los artificios de una conciencia experimentada en desdecir los hechos. Un trabajo pasable convertiría la humillación del combate en un resguardo moral y sin coladuras. Era fácil, demasiado. Bastaba aparentar la máxima indiferencia y abanderarse con ella.

Era distinto quedarse allí, aceptar los golpes y la propiedad que sobre ellos tenía. Admitir que cada puñetazo y cada torsión se aplicaban sobre él y no sobre la sombra que había puesto en su lugar mientras el auténtico Martin observaba por la cristalera.

¿Por qué tanto miedo al daño cuando gracias a él podía gozar de un contundente y memorable reconocimiento de sí mismo? La pelea en el Lucus, en realidad la huida del Lucus, quedaba muy atrás.

Mientras se levantaba por tercera o cuarta vez del suelo, se arrodillaba y apuntalaba con una pierna el peso que no parecía poder reunirse ya sobre un solo eje, viendo las piernas abiertas y el tronco convencido del adversario, llegó a la conclusión de que el hombre que ahora se incorporaba había crecido del niño que se arrodilló en la iglesia de don Elías: había crecido para saber que el daño vivía en su casa y que no tenía que temerle más de lo que temía a la habitación en que se acostaba, la mesa en que comía o la puerta que cerraba al salir.

Con la conclusión se precipitó la imagen del niño Abdellah sonriendo entre sus heridas y la de Salima tosiendo disimuladamente mientras le abrazaba en la arena del espigón. Se sintió cerca de ellos, pero no con la proximidad melancólica del recuerdo o del desamparo, sino con la cercanía física de su presencia real y viéndoles en las «contadas estrellas» que miraba. Ahora vivían en la misma ciudad y sabía, como nunca había sabido, dónde buscarles. No necesitaba moverse. Larache no estaba en otro continente y Madrid no era el lugar que Salima y Abdellah nunca habían pisado. Las distancias se habían reunido en una línea delgada por la que iban tres pasajeros doloridos que acababan de encontrarse. No necesitaba moverse. Eran suficientes los golpes del adversario cada vez más borroso en la noche del callejón y los tanques. Se reconocía en el daño y el daño le traía a Salima y Abdellah.

El vértigo pasó eléctricamente por la cabeza. Tuvo miedo de perder el sentido y de perder a los que acababa de encontrar. Sus amigos quedaron rodeados de una luz fuerte que les escondía. Quedaban ellos. Había desaparecido la cabeza redonda, el callejón, el cuartel y los testigos. Se preguntó cuánto tardarían en irse también Salima y Abdellah. Todavía se preguntaba, cuando les vio marcharse en un aire negro y reducidos al tamaño de puntos luminosos. Se agarró a algo duro con lo que había tropezado la mano. El cuerpo desfallecido colgó de ese algo con la sensación de desprenderse del suelo. Tenía que levantarse otra vez, regresar a la verticalidad de los golpes y abrir los ojos que le reconocerían a él y a sus amigos. Pero la voz ordenó:

—¡Basta! ¡Ha terminado! ¡Apártense!

Las luces amarillas que corrían por el cristal estaban altas y lejanas. Pero no eran las del cielo.

—Te has dejado pegar, Martin —escuchó a su lado.

Tardó en asentar la nube de luces en los focos sobre los que danzaba. La boca se llenó de líquido espeso y apretó los labios. Después tragó.

—Era una buena ocasión para que callaran un rato. Pero dejándote pegar no creo que hayas ganado mucho. Pensaba que ibas a seguir su juego hasta el final. Aunque ahora nadie sabrá por qué empezaste.

Distinguió el ruido del motor como un ruido exterior a las vísceras y del que podía prescindir.

—Una pregunta, Martin. ¿Por qué te hiciste militar? —notó que le observaban.

El automóvil se inclinó y bajaron a un túnel de luces anaranjadas. El ruido envolvente del agujero se amplificó en sus oídos y continuó más allá del túnel.

—Está bien. Ya me lo contarás otro día. Supongo que vas a tu casa. ¿Tu mujer no se impresionará?

—¿Impresionarse? —necesitaba mayor claridad para traducir eso—. No sé.

Hizo un esfuerzo por adivinar cómo sonaría su voz, que él sentía pegajosa y resbaladiza al mismo tiempo, en Elisa.

Cuando abrió la puerta, había luz en la casa. A pesar de ello, se movió con sigilo y sacó cuidadosamente la llave de la cerradura. Tuvo la impresión de caminar de puntillas, sin saber qué esperaba de aquella precaución, excepto que nadie le interrumpiese hasta encontrar un sitio seguro, con el cuerpo defendido por una posición estable.

Pero al pasar delante del cuarto de baño, escuchó ruido de agua y nadando en ella la voz de Elisa.

—¿Eres tú?

En contra de lo previsto, llegó a coger el pomo de aquella puerta, pero desistió en el momento de hacerlo girar. Algo parecido a un pudor sin situar —su cara marcada, Elisa bañándose y su cara marcada, la desnudez diferente de los dos coincidiendo en un cuarto íntimo— le hizo continuar hasta la sala.

—Sí. Soy yo.

Mientras se acercaba al sofá vio el reflejo turbio de su imagen en la cristalera del balcón. Se paró justo delante y trató de hacerse una idea útil del estado del rostro. Pero en la proximidad, la noche del otro lado cuajaba más que la luz interior, ocultando lo que de lejos parecía posible. Sólo apreció el abultamiento de la zona derecha de la frente, bajando hacia el pómulo con un relieve brillante.

Se dejó caer en el sofá. La alteración se estaba concentrando en el estómago. El resto estaba desvitalizado —una especie de gas sensitivo que rodeaba un centro.

La resaca de los golpes, una vez pasado el entusiasmo intoxicador con que los había recibido, estaba devolviendo al cuerpo su temor y su falta de control.

Echó la cabeza hacia atrás y trató de extender el cuerpo hacia puntos de equilibrio. En cuanto el reposo le dio la primera seguridad, se dio cuenta de que no aguardaba allí para descansar, sino para que viniera Elisa. No para recibir cuidados o aliviarse con explicaciones, sino para ofrecer a su mujer las señales. Los golpes significaban mucho y tenía la seguridad de que no habían agotado su poder de revelar cosas.

Escuchó la puerta del cuarto de baño y los pies descalzos que venían. Mientras ella se secaba el pelo con la toalla y aparecía con un albornoz apretado en la cintura, la siguió por el reflejo del balcón.

Cuando se sentó en el sillón de enfrente la miró con toda la conciencia de su carne maltratada.

—¿Puedo saber qué te ha pasado? —la toalla se paró dos segundos que se entretuvo en contar, antes de seguir frotando la cabellera rubia.

Contempló el cuerpo quieto de Elisa y su asombro —dosificado como si tuviera prisa en salir de la emoción— en la distancia del asiento.

—Me han pegado —contestó, eligiendo entre una variedad distinta de respuestas menos inquietantes y, sobre todo, menos comprometidas a la hora de un intercambio entre los dos.

—¿Te han pegado? —Elisa miró la toalla que acababa de extender sobre las palmas, como si examinara un documento que tenía que contrastar con el que declaraba.

Después le buscó abiertamente y los rasgos de la cara retrocedieron a una disposición anterior al asombro y anterior a la llegada de Martin. Martin creyó reconocer el gesto encerrado, inexpugnable, de la tarde en que acabó paseando por la mediana de la carretera.

No contestó. Estaba convencido de que no hacía falta.

—¿Puedes explicarlo un poco más? —dijo ella sin mover apenas los labios, economizando el aire que salía por ellos.

Le habría gustado descubrir la carne que tapaba el albornoz, su frialdad, su tensión o su ira. Pero no fue capaz de traspasar el tejido denso de la prenda, ni de averiguar otra presencia que no fuese la del albornoz a dos metros de distancia.

—¿Qué quieres saber?

Pero no bastaba con eso para acercarle sus golpes:

—¿Qué importa lo que sepas?

Elisa desvió los ojos y empezó a doblar lentamente la toalla sobre la mesita que les separaba. Martin volvió a seguirla por el reflejo del balcón. La boca de la mujer se apretaba a medida que iba haciendo pliegues en el paño.

Más tarde, se levantó y fue hacia la cristalera sin mirarle. Martin, animado por la claridad que estaba llegando a su mente en una noche de tiniebla, pensó que Elisa había sido incapaz de acercarse desde el principio, pero que el camino ciego de su diálogo la alejaba cada vez más. Mientras que aquel silencio de Elisa a su pregunta convertía la pregunta, para los sentimientos del herido, en algo más general que lo sucedido esa noche. ¿Qué quieres saber? Un silencio que equivalía a todo lo que no estaba pronunciando.

La mujer parecía haber obtenido la postura definitiva, asomada a lo de afuera, para empezar a salir de la escena.

—Haz el favor de mirarme —en cambio él no estaba tan cerca de la conclusión y en cualquier caso no consentiría, siendo el dueño de las heridas, que ella se adelantara en la salida—. Te daré las explicaciones que quieras, pero haz el favor de mirarme. ¡Mírame! —terminó exigiendo en un tono que sabía que no funcionaría, igual que no funcionarían las súplicas, ni otra clase de llamada.

—No quiero ninguna explicación —respondió ella sin obedecerle, atenuando el acento de las palabras y por el mismo camino de salida.

—¿Tienes asco de mi sangre? —dijo de repente, sintiendo las pisadas lejanas de una intuición que no tenía la forma de lo que acababa de decir, pero a la que, sin embargo, lo que acababa de decir abría las puertas.

Elisa se volvió con los brazos cruzados, ostensiblemente recta y mirando a Martin, pero a través de Martin, apartándole con aquella forma de atravesarle y seguir después de él.

—No es asco. No es tu sangre. Yo no puedo entenderte, Martin —dijo de un modo claramente disuasorio.

—Quieres decir otra cosa.

—¿Qué otra cosa?

—Que ya no me quieres.

Esta vez le miró y se quedó en él. Hubiese jurado que la cara de Elisa tenía el sentimiento más parecido al agradecimiento. El labio inferior se distendió y dejó en medio una línea de oscuridad que liberaba algo de adentro.

—Tú no estás vivo —¿para quién sueñas este sueño, Martin?—. No sé lo que te mantiene de pie. Puede que sea la amargura, el no ser feliz con nada. Es lo único que puede tenerte todavía pegado a la tierra.

Meditó un segundo y miró sus brazos cruzados.

—Yo no soy así —concluyó.

Ésa era la intuición. Las heridas de esa noche eran para Elisa la prueba visible y esperada —la prueba de la que Martin ya no podía deshacerse y con la que su mujer podía hablar sin entrar en materiales difíciles de la vida compartida— de lo que Martin representaba para ella.

Sintió que ella se había agarrado con las uñas a sus golpes y de que volvían a dolerle como si los estuviera recibiendo de una forma neta, sin abandonos analgésicos.

Las heridas, volvió a decirse con otras palabras, valían más que el duelo irreconocible que las había provocado.

—No me amas —repitió inconsistentemente.

—Deja de hablar de esa manera —Elisa cogió aire y lo soltó rápidamente—. Los dos hemos obedecido a un padre. Sin saberlo o sin quererlo. Quizá sabiéndolo y queriéndolo hasta el punto de olvidarlo. Para ti no es difícil saber lo que has hecho. Basta con que te mires. A mí también me basta mirarte para saber lo que he hecho yo. Mi padre no soportaba que hubieran roto su vida, quería una prolongación, quería seguir en Larache. Quizá pensé que él estaría más cerca de Larache si yo me casaba contigo. Aunque supongo que no lo pensé mientras tú y yo nos acercábamos. Además, tú estabas aquí, tenías una carrera, hacías algo de aquí. Me pareció que había una manera de que todo estuviera bien y eso fue todo.

—¿Eso fue todo?

—¿Crees que tú has hecho algo distinto?

Martin no dijo nada, pero comenzó a perseguir el rastro de su dolor en la carne, tratando de concentrarse en él y no en lo que decía Elisa.

—Para mí es importante que todo esté bien. Sé que soy así. Ahora no puedo mirarte sólo por mi padre. Creo que tengo derecho a desviarme de tanta lástima. No soy como tú, Martin. Ni como mi padre. Quiero estar en el mundo. No seguiré obedeciendo a la pena de otros.

Elisa avanzó entre la mesilla y el sillón midiendo el ritmo de los pasos. Al llegar a la esquina del sofá, dijo:

—Vamos a tener un hijo.

Levantó la cabeza para ver cómo Elisa recogía la toalla y empezaba a desaparecer por la puerta del dormitorio.

—Pero eso no puede cambiar nada —la oyó decir cuando ya no la veía.

19

Se despertó con el chapoteo y sintiendo en seguida la ropa pegada con un sudor frío y extenso como el de la fiebre. Lo había escuchado detrás, galopando hacia su cabeza. Se revolvió desde el suelo y allí estaba, apartando el río con una embestida que empezaba a comprimir el aire entre los dos.

No debía asustarse. Aunque tampoco le quedaba mucho para sacudirse el sueño —se había quedado solo en un sitio del que no podía levantarse— y estar preparado para el que venía a buscarle —una resistencia que haría más furioso al otro—. No debía asustarse, pero la cabeza lo repitió con gritos que iban a hacer que estallara. Ponerse de pie y luchar, ¿saldría tan rápido de la impotencia que todavía le estaba empapando? Intentó algo y descubrió que no se había movido.

Todo lo que le faltaba parecía haber ido a reunirse con el extraño y alimentarle: la espuma saltaba y le elevaba, con el efecto de estar pisando surtidores, por encima del agua. Era aún peor para su miedo, el miedo que no debía sentir, el silencio que acompañaba al extraño y en cuyo lugar debiera oírse el ansia de la fiera, el aliento roto y lanzado a la captura. Pero aquella energía venía con silencio y la sonoridad de ese silencio abarcaba más de lo que veían los ojos.

El extraño saltó del agua y se paró bruscamente. Martin, a veinte pasos de distancia, con la cara a ras de tierra, fue subiendo por el pantalón chorreando y las piernas rocosas, por el tronco trasparente de la camisa blanca, hasta el rostro donde los ojos desproporcionadamente pequeños le miraron con un destello apagado, vaciados de intensidad y más colosales en la impenetrabilidad despojada que la masa estriada de los músculos. Pero no le reconoció.

Volvió a subir por las piernas y el tronco hasta el lugar de la mirada, en un gesto equivalente al de frotarse los ojos. Nada cambió. Estaban los arañazos —ahora con un relieve de cicatriz exagerado con un maquillaje grumoso—, pero lo demás se había organizado de otra manera en torno a las señales conocidas. Desde aquella distancia, y contando con el reluz del aquel cielo, no pudo precisar lo que había cambiado. Sólo pudo darse cuenta de que estaba ante algo más exangüe y menos lleno que lo que esperaba.

El extraño echó a andar. En el agua había corrido y saltado, pero ahora arrastraba los pies hundiéndolos hasta los tobillos y el polvo se apartaba a su paso como una marea de tierra dividida.

Llegó envuelto en una nube de restos y Martin no consiguió verle hasta que esa nube se posó en el suelo y sobre el propio Martin, blanqueado de pronto por la mezcla de polvo y sudor. Los ojos doloridos, con la sensación de haberse llenado de espinas pequeñas, vieron al extraño justo encima, con las piernas abiertas a cada lado del cuerpo tendido, encerrándole en un arco también blanquecino y empapado.

—Empieza a levantarte, amigo —dijo la cara irreconocible con una voz también diferente, expulsada por alguna cavidad, no como la voz que parecía estar aprendiendo en una garganta sin hacer.

—¿Eres tú? —se atrevió a decir, mientras proyectaba aquellas facciones sobre las facciones que recordaba, sobreponiendo las dos caras.

El extraño se acercó con un movimiento de cintura, dejando las piernas en el sitio.

—¿Y tú? ¿Eres tú? —contestó socarronamente, añadiendo una mueca agresiva de desprecio que le arrugó la nariz y la boca.

—Sí —murmuró estúpidamente, intentando borrar aquel desprecio con un espectáculo de mansedumbre.

No surtió efecto. La cara se le acercó más y escupió:

—Levántate y piensa en defenderte.

En esa proximidad en la que era posible sentir la saliva de las palabras, empezó a reconocer —dentro de la máscara blanca del polvo— el rostro enemigo de las noches anteriores. Pero ese reconocimiento tuvo que atravesar antes láminas de desfiguración, en un esfuerzo parecido al que se hace con quien no se ha visto en años y al que se va recomponiendo mediante la intuición de las carencias y novedades que deja en cualquiera la factura del tiempo. Era la misma cara, estaba seguro, pero la misma cara envejecida, azotada y violentada por una madurez difícil, no por la parsimonia de un trascurrir sin asaltos. No era exactamente un viejo: era alguien en quien la vejez queda determinada antes de tiempo, con señales que sólo tienen una clase de final y ninguna clase de marcha atrás.

La cara envejecida y prematura unida, sin embargo, al cuerpo de atleta profesional que no había sufrido variación desde que lo vio llamándole la primera noche desde la orilla de enfrente: como si la fuerza fuera lo único capaz de permanecer intacto, mientras la parte de la dirección y el sentido, caducaba. No se trataba de un fallo físico, de una masacre del tiempo, sino de una consunción alojada en otro sitio, el sitio del que la carne podía ser su reflejo remoto y exacto.

Instintivamente, tocó su propia cara. No notó nada especial. Tampoco era raro. Su tiempo estaba hecho y concluido, y ya no cabía varianza. Pero había visto envejecer a su enemigo y podía deducir, en ese periodo en que lo tuvo a la vista, su trascurso. Pero ¿cuál? ¿Cuáles habían sido las escalas de ese tiempo? ¿Acaso cada una de las noches en que no consiguió hacerle cruzar? ¿Aquella cara había cumplido los años de sus negativas a pasar al otro lado?

—He dicho que te levantes. O tal vez prefieras que te pise en ese suelo que quieres tanto. Que te pise como inevitablemente se pisa a un reptil. Inevitablemente, ¿lo entiendes?

Contempló de cerca la inflamación en el rostro del viejo y la lluvia de gotas resplandecientes que saltó de su boca.

¿Tenía que luchar otra vez? ¿Otra vez como en el callejón de carros para recibir golpes que sólo conseguirían hacerle más semejante a lo que ya era? Pero también sentía pavor físico al cuerpo roto y despreciado, igual que lo había despreciado Elisa. No era, evidentemente, la gravedad de las heridas lo que ahora le importaba —ahora que estaba viviendo la indecisión de su eternidad—, sino la señal profunda de los golpes, la señal que no deshojaba ningún calendario.

Apenas unos minutos atrás había escapado de esa miseria. No estaba dispuesto a repetirla. Nunca lo estaría. Ahora que había despertado de la congoja de ese sueño, tenía la impresión de que el miedo y la impotencia que se habían deslizado de la pesadilla y permanecido en la vigilia de la llanura eran más poderosos y reales, como si, al revés de lo que se espera, el sueño los hubiera atenuado y fuera la realidad quien les daba medida.

—Eres un cobarde. Siempre has sido un cobarde. ¿No es eso, Martin? —le pareció imposible haber reconocido a aquel ser que se desfiguraba con cada amenaza.

—No puedo levantarme. Te digo la verdad. No puedo. Es posible que sea un cobarde y que lo haya sido siempre —recordó que una vez le dijeron que utilizaba su cobardía, que era su forma de compasión o de que le quisieran.

—¿No te levantarás?

—No. No puedo —musitó.

—Está bien. No te levantes. Pero entonces, repta.

—¿Qué quieres decir? —tuvo una conciencia completa de su cuerpo en el suelo, blanqueado de polvo y empapado de pánico.

—Quiero decir que camines como un animal sin patas. Con la cara en la tierra —la crueldad relajada en la cara del extraño, hallada al fin la expresión con la que volvía a su ser verdadero, a su ser sin Martin, sin el despojo humano que no consiguió llevar a la otra orilla durante noches que ya ninguno contaba—. Con la cara en la tierra —repitió.

Martin se volvió de espaldas y empezó a empujarse con las piernas, utilizando las manos para ayudarse en el rumbo.

—Baja la cabeza. Nada de manos —gruñeron por detrás.

Se detuvo un instante y continuó reptando sin salirse de las órdenes. Toda la carga tráctil fue a parar a su abdomen y a sus nalgas. Notaba quc cl culo circulaba ridículamente por encima de su cabeza y que los pies del extraño le seguían en una cabalgadura humillante. Toda su libertad consistía en escupir el polvo que se iba amontonando en la boca apretada.

—Adelante, cobarde. Adelante —no le importaban los insultos, ni la vejación, sólo la tierra a la que estaba pegado.

Todo, menos levantarse y pelear con el extraño. Todo, menos golpes.

—¿Sabes adónde vas? —preguntó alegremente el que le cabalgaba.

—Vamos hacia el río —contestó Martin.

—¿Hacia el río? —un segundo de meditación casi sonoro—. ¿Hacia el río, eh? Espera, espera un poco. Creo que no me he dado cuenta: estamos ante una decisión. ¿Has decidido, Martin? No, nada de eso. Lamento contradecirte. No vamos al río. Sólo estás reptando. Sólo eso, ¿comprendes?

—Sólo eso, sí.

Martin había visto la corriente a mitad de la distancia anterior. Por el río no podía arrastrarse. ¿No había allí una escapatoria? ¿Una esperanza? Pero no podía pensar qué clase de esperanza. Cuánta esperanza. ¿Sólo dejar de reptar?

Se movió más deprisa, aunque con la rapidez el cuerpo se hizo más ridículo y más evidentes las exigencias humillantes. Entraba en lo posible que una vez alcanzada la orilla, le mandara dar media vuelta y le tuviese arrastrando la noche entera. Pero el río era más que un simple accidente del que podían desviarse, una simple interrupción o modificación de órdenes ante una barrera casual. Si llegaba hasta el río, podría hablar y persuadir, porque ninguno de los dos se quedaría indiferente ante el río, ni disimularían como si no viesen el río.

—¿Estás yendo más deprisa? —le preguntaron.

—No. Cumplo tus órdenes. Sin manos y con la cara en el suelo.

—Mientes. Vas más deprisa.

—Si voy más deprisa, no me he dado cuenta. Te lo juro.

—Juras en vano. Eso es que ya sabes hacer algo.

Me pregunto cuántas cosas estás aprendiendo mientras te arrastras.

Adivinó el silencio de la cavilación y el plazo involuntario que le daba para seguir avanzando con todas sus fuerzas hasta el límite persuasor de las aguas. La nariz y la boca se llenaron de arena, pero no se molestó en escupir. Incluso contuvo la respiración porque sabía que muy pronto, quizá ya, tendría todo el tiempo que quisiera para respirar y escupir, pero antes tendría que estar todo lo cerca que pudiera de aquella orilla de la que tanto había huido.

—Espera un momento. ¡Espera! —el plazo terminaba.

No quiso escuchar.

—¡Párate! ¡Te ordeno que te pares!

Se arrastró con una velocidad que convertía la cadencia humillante del cuerpo en un aliado terco y descarado del propósito, mientras urdía, a mayor velocidad aún, la respuesta que ampliara el plazo en décimas o milésimas.

—¿Es que no te obedezco? ¿No estoy haciendo lo que tú querías?

No tenía manos, ni peso, ni cabeza: sólo se deslizaba. Rápida, muy rápidamente. En un líquido favorable. Un pez veloz, una forma en fuga.

—¡Deténte!

El río a pocos pasos. Tres, cuatro, como mucho cinco de un hombre vertical. Metería la cabeza en el agua, cuando llegase metería la cabeza en el agua para estar seguro de que era el río y de que no sería fácil volver.

—Soy el reptil. Mira bien. El reptil que no se ha ganado ni que le pisen.

De repente, tuvo la sensación de que la cabeza ganaba terreno, pero fuera del cuerpo. Que la vista seguía atrayendo el río y corriendo hacia él, pero que la masa completa que debería alcanzarlo se había quedado detrás, inmóvil.

—Te equivocas —dijo el extraño—. Se lo ha ganado.

Le costó torcer el cuello lo mínimo y contemplar a su dominador a través del pie que apretaba con los mismos dedos prensiles de una mano estranguladora.

—Está bien. Ya no voy deprisa. Estoy quieto como tú has mandado —aunque sintiendo la humedad que con un golpe más de abdomen habría llegado a su cara, la humedad que debía estar al alcance de su propio brazo si lo estiraba.

Decidió alargar ese brazo, meter la mano en el agua y arrojarla como un conjuro defensivo contra el que pisaba su cuello. Decirle de esa manera que él ya estaba en el río y que, ni siquiera los que venían de la otra orilla, eran capaces de hacer que retrocediera ese hecho.

Maniobró con el brazo visible hasta tocar el pie de su cuello. Eso le distraería. La mano contraria empezó a recorrer el suelo igual que un gusano imperceptible, mortal y lento, completamente separado del organismo agujereado que abandonaba. Martin consiguió aislarse de ese brazo y comunicarse con él sólo a través de una voluntad concentrada y única.

Todavía no sabía por qué quería —al menos con una claridad manipulable— meterse en el río, ni por qué eso sería destructor para el extraño.

La mano estaría ya a la altura de la cabeza. Quizá un poco más allá. Pronto tocaría el agua y él debería estar preparado para la reacción contra aquella pisada que le había dividido en mitades fantasmales.

Estudió al extraño y le pareció notar una rigidez —una rigidez en la silueta oscurecida con el reluz a la espalda— en la que no quiso o no se atrevió a pensar. Estaba completamente erguido y pisándole con una rectitud que se parecía a la del cazador desprendido de la pieza y pendiente únicamente de la pose victoriosa. Movió su mano en el pie tratando de que el otro notara algo y actuase.

Al principio, le pareció que el extraño quería echarse a volar. El pie que tenía apoyado en tierra se levantó muy alto en el aire, sin desplazar el de su cuello, aunque aplicando la punta como si hiciera un hoyo. Después, lanzó un paso y Martin vio la planta a una altitud irreal, también irrealmente cortando un espacio de materia visible y blanda que se despegaba de la planta.

La mano no rozó ningún agua. Por el contrario, quedó clavada por un peso agudo. Vio el talón pisando su mano gracias a una torsión del cuello que le hizo hundir la cara en el polvo y bucear por él hasta el comienzo de una asfixia. El río estaba allí, a un círculo de distancia del talón. Pero el talón no era suyo. Sólo era suya la mano que estaba debajo.

Cuando el extraño habló, comprendió que el extraño llevaba mudo demasiado tiempo, que la silueta oscurecida le había estado observando todo ese tiempo y que también había comprendido.

—Ibas a alguna parte —dijo con una tranquilidad tensa, pero desviada de cualquier violencia—. Quiero escuchar adónde ibas.

—Iba al río —contestó Martin con una conciencia de la imposibilidad que empezaba a volverle casi indiferente a cualquier pretensión, por peligrosa que fuera.

—Eso ya lo sé. Quiero algo nuevo —dijo el otro imitando, dentro de la voz madura, una música imperturbable.

Martin meditó. Tampoco él había sabido mucho del río. Quería llegar. No quería más vejaciones, más golpes, más extraños.

—Iba a pasar al otro lado —contestó de una forma automática, acaso la única con la que podía enfrentarse a las palabras de su propósito.

—Está muy bien. Pasar al otro lado. De repente.

En una noche de entre muchas resistiendo. ¿No es eso, Martin?

—¿De repente? ¿Es ésa la pregunta?

—Sí, amigo —acomodado con un resto de dureza en el papel sereno.

—No queda un sitio al que volver. No quiero seguir durmiendo. Tú tienes un sitio que no conozco. Nada es peor, a no ser que se insista —seguía automáticamente, pero acertaba con su deseo.

—Perfecto, perfecto. Excepto que no sé qué esperas del otro lado.

—Tú querías llevarme.

—Naturalmente. Pero ahora quiero que me digas adónde.

—¿No es eso lo que yo preguntaba otras veces?

—No recuerdo. Dime adónde.

¿Para qué aprendía ahora de sus preguntas inútiles? Pero sigue aprendiendo, pensó. No es tan viejo. No es tan distinto.

—¿Eres algo parecido a un dios? —preguntó dando un rodeo por lo que podía haber sido una conclusión.

—¿Qué es algo parecido a un dios? —contestó el extraño cargando el tono justo hasta el límite de su exigente teatralidad.

—¿Eres un dios? ¿Un ángel?

—Yo no hablo de nombres.

—¿Ni siquiera del tuyo?

El extraño cargó ahora su silencio.

Martin necesitaba esa conversación. Volvió al hilo antes de que el otro lo perdiera o lo desfigurase con un ataque rectificador y voluble como sus sentimientos.

—Supongo que lo que hay más allá —miró hacia el horizonte de cielo abovedado y tierra aislada que no le envió ninguna señal que pudiera confirmar o, al menos, pulir la desmesura en la que estaba entrando— será una especie de infierno o una especie de paraíso.

El que no hablaba de nombres sonrió pacíficamente y retiró los pies del cuerpo de Martin. Luego se acuclilló encima de la cara del que todavía era su prisionero, inclinándose en un estudio del envoltorio del que salían las palabras.

—Veo que ya conoces tu muerte. No está mal, amigo. ¿Fue difícil?

—En el momento de saberlo, supe que lo había sabido siempre.

—Y yo, ¿cuántas veces te lo dije?

—Eso es distinto. Estábamos luchando.

—¿Y por qué luchábamos?

—Yo era un soldado. Tú parecías otro.

—Me pregunto por qué no sabías lo que tenías que saber. ¿El sufrimiento nos apega a la tierra, Martin?

Echó aire por la nariz. En el rostro emergieron marcas endurecidas que adelgazaban la vejez.

—Debería juzgarse el tránsito —prosiguió el extraño—. Pero sólo se juzga la vida. Ahora quieres ir a la otra orilla, ¿verdad? Ahora mismo.

—Sí.

—¿Sin saber lo que te espera?

—Nada puede ser peor.

—A no ser que se insista, eso dijiste. Quizá merezcas la insistencia.

—¡No! Tú has dicho que sólo se juzga la vida. No este tránsito. Me has humillado y reconozco mi culpa. Seguiré humillándome ante ti siempre que me lo exijas. Pero en la otra parte. Sé lo que tengo que saber. Tu obligación es hacer justicia.

—¿Y qué pasa conmigo? Yo también he padecido —acercó su nariz hasta tocar la nariz de Martin—. Has resistido y alguna vez me has vencido. También yo tengo mi daño y también yo necesito justicia.

—¿Tú? ¿Por qué tú necesitas justicia?

Martin trató de esquivar la presión de la cara del extraño para incorporarse. Pero el otro le empujó con la frente hasta que la nuca del hombre volvió a hundirse en tierra.

—¿Es que no eres más poderoso que un hombre? ¿Es que la justicia no protege la debilidad? ¿A qué viene esto? Tienes tu potencia y yo no tengo nada. Pero quieres tu justicia. Eso no es la justicia, eso es tu ley.

—¡Cállate!

Pero aquí también se cumplía un plazo para llegar al río, reptar con sus palabras hasta las aguas de donde el otro no pudiera hacerle volver.

—Tal vez sea sólo tu ley. Y tal vez ese paraíso o ese infierno al que me puedes llevar no sean más que mundos separados por la clase de dolor y unidos por la clase de mandato. ¿Todo lo que das a elegir es tu ley con dolor o tu ley sin él?

Había ido apartando cortinas sin darse cuenta. Quería convencerle por si no bastaba su mansedumbre. Pero para convencer usaba cosas que convertían al extraño en alguien. En alguien definido y cuyo nombre le habría costado aceptar a través de sentidos claros o de creencias.

—¡Calla, reptil! —los ojos intensamente vacíos se agrandaron y Martin notó la profundidad que le abarcaba—. Gracias a eso eres algo. Gracias a eso puedes levantarte de la tierra y ningún pie indiferente te ha hundido en la desaparición. ¿Nunca has escuchado las esferas de tu propio silencio, viniendo de un espacio que ni siquiera concibes y arrastrando tu oído adonde no puede oírse? Te he dado más de lo que eres gracias a eso que tú llamas mi ley.

—Gracias a eso he tenido que vivir y se me ha impuesto la vida. ¿Por qué tengo que deberte ningún infierno ni ningún paraíso? Y ahora ni siquiera eres capaz de cumplir tu raquítica justicia y llevarme a la orilla que tú mismo estableciste.

Eran las palabras las que le llevaban hasta el alguien. No él. Él no las pensaba, él sólo quería que le llevaran. Alguien.

—¡Tienes que callarte!

La frente de Martin se hizo añicos y los ojos bajaron a una profundidad de polvo que por el otro extremo se elevaba igual que una columna. Allí se quedó la otra frente, la del extraño, con la marca caliente del golpe, enrojeciendo y dibujando la circunferencia de la embestida. En el cerebro seguía sonando, con forma de ondas infinitas, la orden de callar, callar, callar.

El alguien retrocedió un paso sin dejar las cuclillas. Se tocó la frente y luego miró la mano que la había tocado con un gesto de sorpresa y de duda ante el hecho constatado de una agresión rastrera.

Cuando Martin consiguió incorporarse hasta quedar sentado, el otro todavía buscaba en la palma la identidad del que había dado el cabezazo.

—Sólo hablo para que me lleves. No quería discutir tu ley, no la discuto. Escucha, sólo quiero que me escuches. Llévame al otro lado. Tú mandas. Me has dado la oportunidad de vivir. No me debes nada. Gracias a ti no voy a desaparecer. Te lo pido. Pásame a la otra orilla —no era su voz, era un gemido que salía a partes iguales de la frente destrozada y del miedo a que le dejaran abandonado.

La cara envejecida dejó la mano y le miró con el horror de un ser que sabe que se está trasformando a la vista de otro, con piel que se deshace en los dedos o carne que se derrite, mientras la encarnadura del pasajero que surge de los restos enseña su forma monstruosa.

—Escucha —estaba hablando el horror, el horror del alguien al que el cabezazo puso delante de un espejo en el que vio, por las noches alargadas de aquella resistencia, de aquel combate y también de las humillaciones que él mismo había infligido, el ser en que aquel hombre, aquel Martin, le había convertido—. Escúchame bien. Nunca dejaré de preguntarme por qué no sabías lo que debías saber cuando llegaste aquí. Por qué luchaste desde la primera noche. Por qué luchaste. Creo que conozco tu vida tanto como tú. Pero desde esa noche no entiendo. No sé qué clase de criatura es capaz de apartarse de esa manera de todo conocimiento posible.

—Sólo quiero que me lleves —murmuró aplastado por la fuerza de aquel horror que escuchaba y en el que había intervenido.

—Oye. Lo peor de mí ya no puede ser la venganza. Lo peor que yo pueda ver después de estas noches. Así que voy a vengarme. Te diré qué hay en la otra orilla. Un paso después del río está lo que sólo puede desearse. No hay ningún infierno desde aquí: sólo el paraíso de tu condición. Todo lo que has perdido. ¿Entiendes, Martin? Sí, entiendes. Has estado luchando para no entrar en tu paraíso. Y también te diré otra cosa: hoy no lo conocerás. Permanecerás en tu insistencia sobre lo que ni tú ni yo comprendemos.

—Llévame contigo —suplicó.

—Cuando te lleve, para mí será ya cualquier día. El que contaba es el primero. Te quedarás.

—Entonces, lo cruzaré.

—La corriente ya es más fuerte que tú.

Se levantó y empezó a irse mientras Martin apretaba su cara para no dormirse. La claridad salía con una línea del horizonte.

Cuando se volvió, el extraño había desaparecido.

—Dios, ayúdame —suplicó.

20

Se había quedado tumbadita con la almohada debajo de la melena peinada, sin hacer casi peso sobre la sábana, la cara hacia el techo, acabando de posarse o empezando a irse para arriba. Él se levantó a cerrar las puertas que habían quedado abiertas después de que pasaran por la casa y la alcoba y otra vez afuera de la casa. También cerró las ventanas y el ventanuco del baño. No corrió las cortinas. No quería oscuridad, sólo quietud y los pestillos de esa quietud. Cuando la casa le pareció estanca, volvió a la habitación, acercó la silla y estuvo a punto de decir algo. Pero otra vez tuvo que levantarse. Abrió el grifo y metió la cabeza debajo. Se secó con las mangas de la camisa moviéndolas como rodillos de la frente al mentón. Corrió la luna del armario y atrapó el peine grueso. Se peinó aplastando todo el pelo hacia atrás, sin dejar nada suelto y aplicando la palma de la mano al final. El agua escurrió por la nuca y la espalda. Dejó el peine en el lavabo y se dio unos segundos para comprobar el resultado. Tal como había temido, el pelo de las sienes se abombaba, aunque lo había empapado igual que el resto. Revolvió en el interior del armario. Un par de cosas de cristal se estrellaron en el suelo. No podía estar sola tanto tiempo. Por fin, agarraron un tarro de crema blanca y los dedos, después de hundirse hasta el fondo, subieron hasta las sienes y apretaron. Apretaron con una fuerza que le cerró los ojos. Dentro de los ojos, encontró más imágenes que la del hombre con barba y el pelo empapado delante de un espejo en el que no había tranquilidad. Sacudió la cabeza para echarlas a los rincones de la visión y pensó que tenía que peinarse y que no podía estar sola tanto tiempo.

También el primer día estuvo sola. Él quería huir. Sola en la caja trasparente, con agujeros y tubos, a la distancia de una sala desde la que él miraba por un panel de vidrio. Había querido huir y se alegró de la caja trasparente y del panel que les separaba. No habría querido tenerla en los brazos, metiéndose en él con su carne desprotegida y reciente, mientras el extraño de la bata decía: hay que esperar para saber si vive. Más tarde, cuando iba a contárselo a Elisa en otro hospital, mostraba serenidad y valor, pero era la serenidad y el valor de estar libre de aquella agonía. Embrutecidamente libre de la proximidad angustiosa y herida de la criatura que nacía y estaba lista para la muerte. Se había despegado de ella con la rapidez de un ajeno. Y cuando le dijeron que viviría, aunque tendría una vida insegura, impredecible, estaba ya tan despegado que ni siquiera pudo alegrarse. Imitó la alegría y compuso gestos de felicidad, incluso arrebatos, mientras el corazón permanecía en un frío lejano y corría a otro sitio.

Las sienes se le quedaron blancas y pegajosas. Pasó el peine muchas veces, pero también el peine acumulaba aquella pasta y se volvía inútil. Las manos quedaron mezcladas con el peine. Tuvo que abrir el grifo y lavarlo todo. Tenía que volver. Vio gotas detenidas en la piel engrasada de la cara y las manos. Cerró la corredera del armario, vio fugazmente al hombre de la barba en el espejo, apagó la luz, cerró la puerta del cuarto de baño, abrió y cerró la de la habitación, y volvió a colocar la silla cerca de la cabecera. Los puños se habían cerrado. No recordaba que estuvieran así la última vez. Solía dormir con las palmas hacia arriba, en un gesto que le costó años: estaba advertido de que la crispación de los dedos significaba peligro. Llevaba seis años vigilando los dedos de aquellas manos y de aquellos pies y se había acostado, seis años, con la impresión visible, tranquilizada o incierta, de la que dependía su sueño. Se inclinó desde la silla para intentar abrírselos, como había hecho muchas veces, pero las manos grandes se quedaron a medio camino y también se cerraron. Luego volvieron al cuerpo y a la postura recta sobre la silla.

Elisa se la puso en los brazos el día en que comenzaron sus viajes o su vida en otra parte. Él se quedó con la sensación de un cuerpo pegado al suyo y de otro que se iba. Uno era frágil y ligero como su incertidumbre. El otro desaparecía de él con una presencia completa. Sólo estaría fuera dos noches, pero le dijo: no tengas miedo, te acostumbrarás, controla su peso. Esa despedida le cogió con los brazos llenos y, sin darse cuenta, apretó. Amelia tenía la cabeza calva, un hematoma en la coronilla y dos ojos por los que miraba un mundo redondo. Se convenció de que estaba viva, de que iba a crecer y de que no estaban solos. Pero sólo estuvo definitivamente seguro después de tocar su suciedad y sus alimentos muchas veces, viendo cómo se alargaba el tiempo, el tiempo con él y comprobar cómo los dos resistían el miedo a las desapariciones.

¿Estaría sucia ahora? ¿Debería preocuparse de cosas? Empezó a tirar de la barba y a acostumbrarse a cada punta de dolor. Era un dolor de quemadura, en las raíces de la piel. Ese dolor ayudaba. ¿Por qué no estaba tapada? Amelia ya era la mitad de lo que hubiera sido. Quizá no en todas las partes. Los brazos y las piernas ya eran la mitad justa. No, esa mitad era excesiva —rectificó haciéndose daño con un mechón entero—. En cambio, la nariz y las uñas, no llegaban siquiera a una mitad pobre. Así como los ojos y las orejas ya no serían más grandes. Únicamente no era capaz de calcular la proporción del pecho encogido. Debería estar tapada. Volvió a alargar las manos y descubrió en ellas la mezcla de pelos rizados y de grasa. No podía tocar la sábana con aquellas manos. Volvió a salir cerrando las puertas. Buscó tijeras y hojillas en el armario.

Para que dejara de hablar en la cama —despedidas interminables, interminables chapurreos— acordaron un juego. Él la escondía dentro de la sábana y luego tenía que acertar a besarla en los labios. Empezó a crecer cuando empezó a hablar. Los huesos iban más deprisa que la carne. Crecía con voces enredadas. Su voz de trapo, la voz del hombre de la bata blanca diciendo hay que estar preparados, no olvide, la voz de Elisa despidiéndose y ocultándose del hombre de la bata blanca, la voz de don Curro anticipando la desgracia como un viejo maldito que se alimenta de otras muertes. El murmullo de un coro. No olvides. Prepárate.

Voces. Puede que no llegara a escucharlas nunca, sólo ahora las estuviera escuchando con una memoria que empezaba a organizar lo inapelable.

Amelia parecía escucharles a todos y además comprenderles con su conciencia sin terminar. Se pellizcaba granos y se arrancaba pellejos y entonces le preguntaba con los ojos grandes: ¿me estoy muriendo ya? No te vas a morir nunca. Yo no te dejaré morir. No era consuelo, no buscaba tranquilidad. Era la verdad. La verdad absoluta que edificaba con sus propias manos haciendo de piedra cada segundo que vivían y poniendo piedra sobre piedra hasta llegar más alto que lo que estaba dispuesto.

¿Cómo es Amelia?, se preguntó de repente delante del espejo. Algo estaba empujando su imagen hacia la parte de atrás de la cabeza. Todavía está aquí. Se está quedando sola. Cogió un puñado de pelos y metió la tijera sin dejar de mirar en el espejo en el que apenas era capaz de verse. Sintió un pellizco afilado en la mejilla, pero acabó de cortar. Permaneció ante el espejo esperando la actuación de la cara. La deformación del dolor en la carne. La sangre empezó a brillar en la superficie de la pelambrera, manando del tajo escondido. Pero el hombre de los ojos abiertos y la cara expectante que veía en el reflejo no se movió. Seguía allí, imperturbable, distinto del que se había clavado las tijeras. Otro.

Llenó su cuarto de cosas. Sabía que lo estaba llenando. Y casi todas fueron cosas que ella no podía utilizar enseguida. Una melódica. Sólo tenía que soplar y mover los dedos. Aprendió a soplar después de meses. Pero el soplido, al que tenía que ayudar una tecla apretada, no llegó a sonar nunca. El aparato se estropeó antes. Una colección de libros ilustrados. Una estantería de volúmenes caros, impresiones a color y llenos de letra. Amelia se los metía en la cama y pasaba las páginas. Terminaba diciendo: cuéntamelo. O se dormía cansada de pasar tantas hojas. También le compró una bicicleta grande. Hacía pocos meses que había conseguido llegar a los pedales.

Sabía que lo estaba llenando. Y ahora, detrás de él, dos puertas más allá, estaba lleno. ¿Cómo dolería un cuarto lleno? ¿La cara que lo mirase sería la misma que estaba en el espejo, inmóvil, con la sangre empapando la barba? Se alegró de no haber dejado ninguna puerta abierta. Podía sentirse separado por tabiques y pestillos del cuarto lleno.

La barba. Demasiado tiempo. Se deshizo de las tijeras y comenzó con las hojillas. Se atascaron en la mata pegajosa y seca. Pero cortó y arrancó. Era tarde para el agua y el jabón. Cuando volvió a mirarse descubrió el mentón del otro con hilachas, claros, heridas y zonas intactas. ¿Por qué se estaba afeitando? ¿No había venido a lavarse las manos para tocar la sábana de Amelia? Se pasó la toalla y pensó: asunto liquidado.

Quiso atravesar el salón a toda velocidad y a toda velocidad estar de nuevo a la cabecera de Amelia. Pero la vista tropezó con dos vasos vacíos en la mesilla del sofá. Miró alrededor como si aquellos vasos fueran lo visible de un desorden general e inadvertido. Tuvo la evidencia de que algo estaba mal, pero que tenía que concentrarse para descubrirlo. No tocó los vasos. Se dedicó a buscar un sitio desde el que pudiera mirar con paciencia y averiguar lo evidente. Había corrido de la cabecera al espejo y del espejo a la cabecera, pero ¿cuánto más sucedía en la casa? Encontró un rincón en el saledizo del cuarto de baño. Desde allí casi podía recorrerlo todo con un golpe de vista. Se quedó de pie. Después empezó a apoyarse en la pared y, al final, se escurrió al suelo.

Cuando Elisa se la llevaba —casi siempre un día, raramente dos, casi siempre con Jorge, el mil quinientos negro aparcaba en la acera de enfrente como si el conductor quisiera que lo viesen en otro lado, nunca junto a la casa de la que ellas salían, aunque dejándose ver, después de todo—, él ya tenía listo su plan de horas de libertad. No pasaba de ser un plan vago, instintivo, que le llevaba de un lado a otro de Madrid, haciendo cosas que, antes de que la niña existiera, jamás habían cruzado por la cabeza. Disfrutaba de ese plan en su mente como si disfrutara de una normalidad que se extendía gracias a la niña. Todos los padres maniatados por sus hijos soñaban con un tiempo propio y una soledad desvariada. Esa ilusión, esa normalidad, llegaba a ser furiosa y demostraba la existencia y la falta de miedo que la niña y él demostraban juntos. Eran una hija y un padre como los demás padres e hijas. Un plan furioso. Había mujeres, cuartos, billetes arrugados, tufo de alcohol, encuentros de una mortalidad violenta, instantánea, dispuesta a reproducirse, asco y atracción de una conciencia inconsciente, capaz de todo y capaz de no reconocerse al día siguiente. Se veía a sí mismo recobrando aspectos miserables y viendo en esa miseria algo escogido, posibilidad de escoger. Sin ninguna especie de temor o de culpa y sin pagar más tarde, sin pagar por un equilibrio roto o por una desgracia que le condenara. La normalidad sin futuro.

Apartaba el visillo y les veía entrar en el coche. Hasta ese momento su plan estaba vivo, con latidos inminentes. Entonces se daba la vuelta y veía la casa vacía y las cosas que tendrían que estar listas cuando Amelia volviese. Con la resignación anticipada de una tarea interminable removía los cajones, revisaba la ropa, colocaba objetos. Mucho tiempo después se daba cuenta de que todo eso ya estaba hecho y se acordaba de su plan furioso con la repugnancia de estar tocando al mismo tiempo una blusa de Amelia o un juguete averiado.

Desde el rincón del saledizo acabó descubriendo el problema. Sencillo: todo estaba mal. No era destartalamiento, suciedad, desarreglo: eran arbitrariedades pequeñas, detalles que sumaban un desorden acaparador. Aparte de los vasos vacíos, había flecos de la alfombra entremetidos, los sillones golpeaban la pared, el manillar del balcón estaba a medias, había un cuaderno abierto en una repisa del armario, el jarrón de cristal tenía un poso de agua amarillento, dos sillas no pertenecían a la sala.

Ya tenía por dónde empezar. Necesitaba el orden: era la única norma preconcebida para Amelia. Y ahora estaba rodeado de arbitrariedades. Por suerte, podía levantarse y eliminarlas. Eliminarlas. ¿Todas?

Iban al colegio. Llevaba una bata de cuadros azules. Le preguntó: ¿por qué voy todos los días al colegio? Para aprender, respondió. ¿Qué voy a aprender? Aprenderás lo que vas a ser mañana. ¿Mañana? Cuando seas mayor. ¿Qué voy a ser cuando sea mayor? Lo que tú quieras. Entonces, voy a ser soldado. Las mujeres no son soldados. Sí, porque yo voy a ser la primera. Prefiero que seas maestra. ¿Como la señorita? Eso es. ¿Dónde viven las maestras? En su casa, como todo el mundo. ¿Y tienen hijos? Como todo el mundo. ¿Y se mueren? Supongo que sí, que también se mueren. Entonces no quiero ser maestra, quiero ser soldado. ¿Por qué? Porque a los soldados les matan y es mejor. Yo soy soldado y no me matan. Pero te matarán y es mucho mejor que morirse.

Extendió los brazos como si estuviese deteniendo una carga que avanzaba contra él. Abrió los ojos —¿cuándo había cerrado los ojos?— y observó las manos que se movían sin órdenes suyas. Quizá trataban de ordenar a distancia los vasos, los sillones, el manillar, la alfombra, el florero, el cuaderno, las sillas, sin necesidad de levantarse del rincón. Las manos estaban más sucias que antes. ¿De dónde venía? ¿No se había levantado para lavar esas manos? Amelia estaba sola. ¿Qué estaba haciendo él allí? Tenía prisa, mucha prisa. Pero no podía levantarse.

Estaba escuchando a Amelia, pero no distinguía la voz. Y la imagen seguía empujada hacia la parte de atrás de la cabeza. Muy atrás. Sentía su masa como si le tirase de la nuca y le absorbiera por un túnel. Pero no la veía. Podría solucionarlo abriendo la puerta de la izquierda y sentándose a su cabecera durante horas y horas, como había previsto. Horas y horas hasta siempre. Todavía está aquí. Todavía está aquí.

Estaría hasta que Elisa llegara, llegara de algún sitio lejos de los dos. Porque cuando Elisa llegara, Amelia sería distinta. Distinta para siempre.

Estaba seguro de que Elisa llegaría con el tiempo corriendo detrás, el tiempo de la mañana siguiente, de la tarde siguiente y de la noche siguiente, del otro día, con su mañana, su tarde y su noche, de muchos días siguientes, con mañanas, tardes y noches hasta un final absurdo que sucedería mucho después del verdadero final. Su vida se prolongaba durante esos días y muchos días más para alargar inagotablemente lo que ya no podía existir. Sólo por el mandato de una voluntad más fuerte que la desesperación y el ansia —ansia hambrienta, de mortal— de desaparecer. Una voluntad que se reía y que jugaba a lo insoportable.

Algún dios, pensó, algún dios tira de mí y me mantiene. Algún dios que da la eternidad para vivir, pero antes da lo insoportable. Quiero verle. Quiero ver su cara. ¿No la veré? ¿Entonces, cuándo? Sólo verle la cara. No diré nada. Esa cara.

¿Cómo es posible que olvides una cosa así, Martin?, escuchó de pronto en unos oídos lejanos, desde una boca lejana. ¿Cómo has podido olvidarlo? ¿Abdellah? ¿Estás aquí?

¿He vuelto a olvidarlo? ¿No he sabido vivir de otra forma?, se dijo sacudiendo la cabeza y encontrando al pararse la realidad pegajosa de las manos. Tengo que lavarlas. Ya sé por qué quería afeitarme la barba. Las manos iban a la barba. Tenía que quitarlo todo.

Antes de volver al lavabo, echaría la cerradura de la puerta. Detendría a Elisa. Detendría a Elisa y a todo el tiempo que corría detrás. Después, para siempre, en la cabecera.

Todavía está aquí.

21

No tenía armas, pensó automáticamente al abrir los ojos. Y tiempo quizá tampoco. Miró en la dirección del río. El extraño no había aparecido. Se levantó y comenzó a caminar hacia el interior. Mientras caminaba y se alejaba del territorio inmediato del que vendría, podría pensar. Pensar y conseguir una perspectiva que no estuviera chocando todo el tiempo con la proximidad de las aguas.

Llevó las manos al cinturón de las cartucheras y de la funda de la pistola. Sabía que estaban vacíos. De todas maneras, como si eso le diera firmeza y algún tipo de seguridad estratégica, soltó los cierres y fue registrando. Miró para atrás. Seguía sin aparecer.

Estaba seguro de que el río no le servía y de que no era un problema alejarse. Un cinturón con cartucheras, pantalones, camisa, guerrera, botas: enumeró. Un poco teatralmente, pero de nuevo tratando de afirmar los movimientos y la clase de decisión más que la decisión misma, metió la mano en los bolsillos de la ropa. Las posibilidades quedaron reducidas al cuerpo que había debajo de las prendas y a la extensión de la llanura. Aunque no pasó de ser una constatación de límites, le bastó la maniobra de cálculo para tranquilizarle. Era más de lo que había hecho hasta entonces. Se había defendido y alguna vez había ganado. Pero fue con gemidos, arañazos, súplicas, golpes ciegos y más temerosos que los arañazos y las súplicas. Ahora, en cambio, se sentía dueño de lo que vendría. Cada cálculo llevaba a otro cálculo y ese camino era de piedra, de piedra por la que andaban sus botas.

Sintió una alegría oscura, ponzoñosa. Se deshizo de ella enseguida.

Ya había utilizado su cuerpo otras veces, pero no la llanura, excepto para escapar. La llanura sólo tenía superficie y polvo. Tal vez tuviese fondo, pero no le pareció eficaz pensar en un agujero. Un agujero protegía a distancia y él no disponía de algo que mantuviera la distancia.

Le quedaba la superficie, el polvo. No parecía mucho.

Volvió a mirar hacia atrás. Las orillas, desiertas.

Midió la separación. Tres, cinco minutos, a paso vivo. Podía llegar a los siete o a los diez. Bastaría para no temer el agua. Mientras pensaba «tres, cinco, siete, diez», entró en los oídos el compás de las hebillas de las botas y, más arriba, el de la hebilla del cinturón. Metal. También cosas metálicas.

Polvo, superficie, cuerpo, metal: reunía materiales y tendría que hacerlos explotar después. Pero con este recuento el mundo se redujo ya a lo indispensable y esta reducción tuvo algo de paso definitivo y adelante que reforzó los otros pasos, los que se metían en la llanura. El camino era bueno. Había marcas y avanzaba.

Polvo en todas partes, extendido, pero fuera de él. Tenía la superficie —la distancia con el río—, el metal y el cuerpo. Los tenía encima, disponibles. Faltaba el polvo. Con el mismo instinto de refuerzo que había buscado en los bolsillos vacíos, empezó a coger puñados del suelo pulverizado y a cargarlo en las cartucheras. Seguía caminando. Se agachaba y cargaba. Las llenó hasta que se hincharon.

Notó el peso que se fue poniendo en las caderas, la sensación de hombre que marchaba con las armas a cuestas. La sensación de hombre armado. Todo estaba ya a su alcance. Y todo eso, que aún no sabía cómo usar, tenía que haber transformado al hombre que lo llevaba en un hombre distinto del que había despertado en la ribera, del hombre inane de los combates y de las noches anteriores, del hombre sin nada.

Aquel suelo se le había quedado en las palmas y en las uñas con una aspereza pegajosa. Se detuvo. Tal vez necesitara más. Se fundía con la piel, igual que cristales absorbidos por la sangre. Se observó como si fuese a descubrir los agujeros que hacían las puntas de ese polvo. No es que necesitara más. Era sólo que necesitaba seguir tocando, tenerlo en las cavidades de las manos, introducirlo en él. Sin saber muy bien qué estaba haciendo, comenzó a reunir un montículo pequeño y después uno grande sobre el anterior. Estaba arrodillado delante y moviendo los brazos en una recogida amplia. No se dio cuenta de que lo iba haciendo cada vez más deprisa, ni siquiera se dio cuenta de que estaba pensando en la hija, de que la cantidad era la cantidad de Amelia, ni de que las manos recogían, colocaban y aplastaban algo que era más que aquel polvo y que era ese polvo.

—Bien. Vámonos —oyó que le decían por detrás.

Los brazos, que seguían reuniendo cada vez más deprisa, dieron con un tope y frenaron.

Se volvió cautelosamente, dejando las manos sobre el montículo.

Allí estaba la cara vieja y sus músculos, jadeando como si hubieran corrido por el puente de tiempo en que Martin no volvió a mirar.

—¿Vámonos? —repitió preguntando.

El viejo tragó aire y pareció preocuparse únicamente de que llegara hasta el fondo.

—Eso es. Vámonos. Pero deja aquí el polvo que has guardado. El polvo no pasa.

—No pasa —siguió repitiendo Martin sin moverse del montón.

La postura del extraño, que daba un costado a Martin y otro al río, y que apremiaba, giró lentamente y le enfocó.

—Es lo que he dicho. Ayer pediste que te llevara. Vengo a llevarte. ¿Suena raro?

—Suena muy bien. Pero hoy no es ayer. Hoy no he pedido nada —respondió mirando las manos en el montículo.

El extraño lanzó un paso y se quedó clavado en él, con todo el cuerpo volcado y contenido en ese paso. Martin se puso en guardia, pero no se movió. Se quedó tan quieto y tan clavado como el otro en su paso.

—¿Tenemos novedades, Martin? —el aire sonó entre dientes.

—¿Novedades? Tú vienes a llevarme y yo te miro. No veo novedad por ninguna parte —le quedó la duda de si las mandíbulas encajadas habrían formado las palabras.

El extraño se retiró ligeramente sin cambiar el paso. Esquivando o protegiéndose de una racha que llegaba sin aviso.

—¿Es por lo de las cartucheras? —preguntó con una mueca de expectación un poco destemplada.

—¿Qué es por lo de las cartucheras? —la guardia se endureció.

—¿Tengo que decirlo yo?

—¿Qué tienes que decir tú?

Vio el salto y la polvareda, pero antes había visto la flexión de las piernas, la arruga de los labios, la retracción de las pupilas. Si hubiese querido, habría visto la onda del cerebro que daba la orden y hasta el temblor de la primera célula. Podría haber cazado ese movimiento volátil igual que una mosca con el puño.

El extraño cayó sobre el lado del montón en el que había estado Martin y, después de unos cuantos manotazos en la polvareda, mirando hacia abajo, buscándole entre las piernas, le descubrió al otro lado de la pirámide de polvo, tenso e inmóvil como un arco en el límite, y con el cinturón en las manos.

Se quedó fijo en el cinturón que ahora estaba en las manos de Martin, con el hierro de las hebillas colgando de los extremos y oscilando como un arma elástica.

Hizo algo que no había hecho nunca: se sacudió y se recompuso. Al final, se pasó las manos por el pelo, que seguía siendo el mismo pelo rubio, pero desgreñado y apelmazado en la frente.

—Está bien —dijo poniendo las manos por delante en una especie de aplacamiento—. Está bien. Empecemos por el principio. ¿Eh, Martin? Por el principio. No hace falta que te quedes ahí, con eso. Hablemos tranquilamente. Tranquilos, ¿de acuerdo?

En Martin no varió nada. El extraño vio el gesto decidido en el rostro lavado de expresión, casi hueco, deformado por una claridad fanática. Parpadeó. ¿Quién era aquél? ¿Aquel que se parecía a Martin y que le miraba como si le conociese? ¿Un soldado? ¿Un loco que hacía su propia guerra?

—Ha terminado, Martin. Ha terminado tu vida y estás aquí. Al otro lado del río hay un camino para que sigas. ¿O es que quieres insistir en tu sueño? Acuérdate de lo que dijiste: nada es peor. Volvamos a la noche de ayer. Agárrate a mi espalda y estarás allí antes de que te des cuenta —dijo con cierta aprensión, como si dudara de que la lengua del soldado fuese la suya.

—¿Antes de darme cuenta? Prefiero darme cuenta.

El extraño tuvo la evidencia de que sus palabras

rebotaban y de que Martin se limitaba a tirar de flecos.

—Haz lo que quieras. Y ahora, nos vamos —dijo tan inflexiblemente como le permitió la incertidumbre, los ojos espiando la oscilación del arma.

—Te propongo otra cosa: quédate conmigo. Quédate conmigo para siempre —el extraño estudió los rasgos que le hablaron desde el otro lado del montón de polvo, buscando la burla que escondían, la burla que tenía que estar en alguna parte de ese rostro.

—No sé qué quieres. No sé dónde quieres que me quede.

—Aquí. Es aquí. No te vayas. No te vayas cuando claree. Quédate. Te dejaré soñar con mi vida.

—La conozco de sobra.

—¿Lo conoces todo?

—Incluso lo que no recuerdas.

—Entonces, ¿sabes también qué me defiende de ti?

El viejo le miró con un cansancio defensivo. Se volvió hacia el río y luego volvió otra vez al hombre del cinturón. ¿Qué estaba pasando? Había venido a llevárselo, pero aquel Martin, aquel extraño, se estaba cerrando sobre él.

—No digas tonterías —la voz se endureció intentando recuperar un tono perdido y, a su través, el lugar perdido de lo demás.

—Podías haberme llevado mientras dormía y no lo hiciste. Estoy seguro de que me veías durmiendo y te marchabas.

Una intermitencia en los ojos del ser, los ojos azules que se habían ido perdiendo, dejando una órbita despojada y oscura. Un rayo breve, un intento consumido en el momento de encenderse.

—Quería llevarte despierto. No tengo necesidad de trampas. No juegues conmigo. No me retes.

—Yo diría que ha sido un error grave —dijo sin preocuparse de la amenaza y relajando la tensión del cinturón que quedó colgando de una mano inerte—. Un error de tu soberbia. El mismo de ayer cuando no me llevaste sólo porque te lo estaba pidiendo. Sólo porque te lo estaba pidiendo, ¿no fue eso?

El extraño abrió los brazos, como si quisiera abarcar lo que había y dentro de ello a Martin. Luego dio un paso y hundió la montaña de polvo. Martin miró el pie destructor y se quedó esperando el crujido de todo lo que estaba pisando, pero sólo escuchó el ruido que salió de la boca y que puso un eco en la bóveda.

—¡Vagabundo maldito! ¡Puedo lanzarte adonde ni tú mismo te veas! ¡Más lejos todavía! ¿Escuchas?

El viejo se quedó parado en la resonancia de su voz que se perdía como una piedra echada a un vacío, pero Martin le contestó con una mirada fija.

—No puedes —dijo en el tono justo para que le oyera—. No podrás.

Dejó de escucharse y bajó hasta la presencia del hombre con las cartucheras. Le midió con el esfuerzo de una potencia que acababa de atravesar el universo, constreñida de pronto al relieve de uno de los átomos, un relieve punzante y capaz de resumir con su punzada ese mismo universo atravesado.

—¿No puedo? ¿No podré? Tú qué sabes. Tú no puedes conocerme —respondió como si se quitara algo simplemente pegajoso.

—No puedes y te conozco.

El extraño movió el otro pie y subió al montículo. Desde esa altura, pareció sentir una satisfacción exclusivamente física, que detenía con su escala sensible el desorden creciente.

—No podré. Está bien. No corramos tanto. Hablaste de un error. Grave, por lo visto. Pero no me has dicho en qué consiste ese error.

—Te lo he dicho. Mi vida me defiende de ti.

—¿Una vida te defiende de lo que es más fuerte que tú? ¿Es una adivinanza, Martin?

—No dije una vida. Dije mi vida. Porque en realidad es una vida que me has dejado vivir dos veces. El error es la repetición. Una vida no es lo mismo que dos veces esa vida. De una, se huye, se llega aquí corriendo y se pasa a la orilla de tu río.

—¿Y de dos no se huye más?

—¿Aún no lo sabes? La primera vez que encuentras la cara del miedo, no quieres verla. Entonces, escapas. Es estúpido, pero común.

—¿Es estúpido escapar de lo que se teme?

—Es estúpido, porque no se escapa. Siempre te quedas viendo esa cara, siempre hasta el final de tus días. Piensas que aparecerá otra vez, piensas que eres débil, piensas que será débil siempre que aparezca. La cara es fugaz, pero el temor es extenso. No hay nada más ridículo que ver a un hombre agotar sus piernecillas mientras huye de lo que sólo está en él. Es igual que cargar con una bomba para llevarla a explotar al sitio en el que no estabas antes. Quedarse no cansa tanto.

—¿Y la segunda vez? —el rostro empezaba a comprender sombríamente.

—Esa oportunidad me la diste tú, dejando que durmiera.

—¡Ya sé que te la he dado yo! ¿Y esa vez?

—Aunque te aprovechaste de eso. Te metías dentro y anotabas como una chismosa. La soberbia no te dejaba pensar en que esa vida te volvería débil. Nada tuyo es más fuerte que tú. Y tú, ¿te conoces?

—¡La segunda vez, Martin!

—Podría callarme ahora y estallaría el globo inflado que tengo delante. Pero te diré qué hay en la otra orilla, en la mía, te diré el infierno de tu condición. Lo peor ya no puede ser la venganza. ¿No decías eso anoche?

—¡La segunda vez!

—La segunda vez sabes que ha habido una primera vez.

Martin calló y sonrió a la estatua elevada.
—Sigue hablando.
—¿No basta con eso?
—No basta hasta que lo escuche todo.
—Entonces, repta.
Martin se entretuvo en el cuerpo que contenía, con los labios apretados y una inmovilidad maltratada, las convulsiones del interior.
—Está bien, no reptes. Después de todo, no es más que tu infierno.
Aguardó un silencio más.
—Ya te lo he dicho. La segunda vez sabes que correr no es mejor que quedarse parado. Te quedas quieto y notas algo que sólo puedes notar si la otra vez has estado corriendo. Es el mismo miedo, pero pervertido. ¿Lo entenderás? Estás con él, no con su ilusión. Te hace daño, pero has escogido mirarle. Le miras y piensas. Piensas todo el tiempo, mientras lo que se mueve alrededor es pánico. Cuanto más duele el miedo, más piensas. Entonces atraviesas el miedo, lo atraviesas. Su cara es una cara, está en un sitio, alguien la ha puesto. Piensas en eso y, lo más gracioso, sin dejar de tener miedo. La diferencia está en que la cara no puede hacer que vuelvas a correr. Igual que tú no puedes hacerme pasar a la otra orilla. He visto mi vida, la he vivido dos veces y no voy a salir corriendo a tus brazos.
—Tal vez no tengas que correr. Hazlo con el paso que elijas —dijo el extraño, rumiando todavía lo anterior, hablando sin haber comprendido del todo.
—Sabes que no iré.
—Dame una razón. Una razón y no volverás a verme.
—¿Darte una razón? —Martin sonrió mirando a otra parte—. Todas son tuyas. Sólo tienes que quedártelas.
El extraño se apeó del montículo y se paseó por la semicircunferencia opuesta, moviendo la cabeza co-

mo alguien que hablara solo, pero sin decir palabra. Desde el extremo más alejado dijo:

—¡Vamos! Creo que ya entiendo. Me he convertido en responsable de tu vida. Sólo es eso. Yo también soy estúpido. En responsable de lo que has elegido. Pero tú mismo has dado a entender que se puede elegir y que hay una elección peor. ¡Vamos! ¿De eso soy culpable? ¿De haberte dado a elegir? ¿De haberte dado tu vida?

Continuó moviéndose, como si ya no le interesara ninguna respuesta y cabeceando igual que antes.

—Tú no eres culpable de mi vida —Martin consiguió controlar una explosión tras el tono bajo y justo para alcanzar al otro sin perseguirle—. Eres culpable de las que has quitado, de necesitar de dolor de otros para cumplir tu mundo. No son esas muertes, no es mi vida. Es lo que necesitas.

—¡Ah! —dijo el extraño sin detenerse—. Sólo se trata de un poco de dolor.

Martin le miró como si estuviera rehaciendo las partes del que estaba delante.

—¿De un poco de dolor? —murmuró perplejo.

—De bastante poco, aunque lo hayas vivido dos veces —se miró los pies filosóficamente, dando tiempo a que el otro fuera aproximándose a una verdad que a él le resultaba evidente.

—¿Es poco que tú necesites hacer daño? ¿Es poco que desaparezca lo poco que se tiene, quedarse mirando cómo lo tumba una jugada de bolos?

—¡Casi nada! —cortó el que se paseaba, enardecido por el golpe que estaba guardando—. ¿Cuánto es ese tiempo del que hablas? ¿Cuánto es ese dolor comparado con el tiempo que queda? Basta de tonterías, vagabundo. No se renuncia a una eternidad sin daño por un daño que comparado con ella no tiene antes ni después, no dura.

—Ese error es también tuyo —dijo Martin con una tranquilidad real.

—Ya veo. Las matemáticas están equivocadas. Lo insignificante equivale a la totalidad. La nada es mucho. ¡Cielos!, es cierto: hay razones extrañas —contestó el viejo, parándose frente a Martin y levantando la voz como si se dirigiese a un auditorio que estaba esperando esas palabras.

—Lo has explicado mejor que yo. Lo único que debes lamentar es no entender lo que tú mismo dices.

—Oh, ya lo estoy lamentando. ¿Tengo que seguir así mucho tiempo? No es que me disguste, es pura curiosidad.

—No te vendría mal un poco de curiosidad. ¿De dónde sacas tú que lo limitado es breve? Eso no vale con el sufrimiento. El sufrimiento tiene su propia eternidad. Puede que no sea la tuya, pero está hecha de lo mismo. El dolor no piensa en el tiempo anterior, ni en el tiempo que vendrá después. Dentro de él y fuera, sólo está él. No se siente que ha empezado una vez, no se siente que va a terminar. Cuando duele, siempre ha sido así y seguirá siéndolo. ¿Crees que los desesperados piensan que hubo un comienzo y, por tanto, que habrá una salida y que se quedan esperando tranquilamente a que transcurra el dolor, igual que transcurre un vendaval o un camino en mal estado? Entonces la naturaleza del dolor no llevaría a la desesperación, sino a la esperanza. Todo el mundo querría sufrir, porque todo el mundo querría estar allí donde se espera algo mejor y donde sólo hay que sufrir la espera. El dolor ya es eterno y tú me ofreces más de lo mismo.

—Ésa es la diferencia, Martin —se apresuró a decir el extraño con la ansiedad del que ha estado cayendo y cuelga de repente de una rama—. Al otro lado no hay dolor.

—¿Eres tú, gran especialista, la garantía final? —contestó despectivamente, mirando el surco que dejaba el cinturón al ser arrastrado en un juego del aburrimiento.

—La vida es una prueba. Se juzga la prueba. Es la prueba lo que ha sido diseñado, no el dolor —continuó el extraño con la ansiedad que ya estaba escuchando el chasquido de la rama.

—¿Y cómo lo olvidaré?

—Estarás con los que has perdido y más tarde se reunirán contigo los que te perdieron.

—Pero ¿cómo olvidaré?

—Con ellos. Después de mil veces el plazo de tu vida, será un comienzo. No recordarás.

—¿Será empezar?

—Sí.

—Entonces, ¿para qué todo lo anterior?

—Era la prueba, te lo he dicho.

—¿La prueba para empezar por el principio?

—Eso es.

Martin dejó de arrastrar el cinturón y lo enrolló lentamente en una mano.

—Un camino largo para llegar ahí.

—No tanto.

—Una eternidad sólo para poder olvidarla.

—Vamos, Martin, vamos —dijo zalameramente el ser—. Has sido el único que ha resistido. Ya estás complacido. Ahora vuelve a los tuyos.

—Hubo otro que también combatió —dijo Martin con una mueca amarga, pero distendida—. No me adules.

El ser se acercó. Tenía las mandíbulas apretadas y le goteaba la frente.

—Eso no fue lo mismo —dijo, apuntándole.

—¿Es falso que luchó contigo?

—Él luchó para tener un pueblo.

—Quizá yo luche para tener a los que son como yo.

El extraño dio media vuelta y pareció marcharse durante unos pasos. Se detuvo con brusquedad y habló sin volverse.

—Vámonos, Martin. Te estoy esperando.

—No iré.

—Te aseguro que vendrás. Tarde o temprano. Ven ahora.

—Reniego de tu prueba. No hay orillas para mí.

—¿No será que quieres salvar tu cobardía, no tu dolor, con un acto heroico, con una lucha que vas a perder?

—No fui cobarde sin dolor, fui cobarde con él. Nada ha cambiado. Soy criatura.

—Entonces, vendrás.

Mientras el extraño se marchaba hacia el río, Martin desenrolló el cinturón de la mano y lo hizo girar por encima de la cabeza. Las hebillas silbaron.

22

Las nubes de polvo corrían en sentido contrario, arrojadas desde las cornisas de la ciudad que estaba encima, manchadas de hierro rojo. Las dos hileras marchaban pegadas a los pretiles, con cabezas encogidas como si pasaran por un techo bajo y una cautela que a distancia parecía inmovilidad. Hacia la parte del mar, la polvareda descubría a veces un par de acorazados de través con los cañones alzados y ahora silenciosos.

No olía a ribera ni a mar. Olía a aquel polvo que metía en la nariz restos sólidos. Esos restos hacían quizá el ruido permanente de pedrea que rodeaba a la columna.

Un hombre cruzó a la carrera al otro pretil, con el arma abrazada en el estómago.

—Hay un mensaje, coronel. Los barcos van a seguir ablandando.

—¿Y dónde creen que estamos? Casi hemos entrado —el coronel miró al oficial desde una altura escuálida, algo enferma, sin pararse.

—Ya lo saben. Dicen que busquemos un resguardo.

—Mande las gracias por el consejo. Y, de paso, dígales que apunten —el coronel sonrió detrás de la barba y el oficial le devolvió una mueca parecida—. El único sitio son esas rocas, antes de la escalera del final. Empezamos por este lado. Usted y yo bajaremos los últimos.

El oficial volvió a agarrarse el estómago y regresó a su pretil. Las hileras avanzaron aún hasta la cuesta en la que terminaba el puente y se detuvieron en la barrera de piedra que defendía el camino del acantilado. El coronel dio el alto y meditó algo. Tocó la superficie de la piedra y miró hacia abajo. Después la vista recorrió el sendero de arena hasta los peldaños. La cuesta estaba desierta y las casas del fondo, silenciosas. Había empezado a murmurar, pero el murmullo fue apagado de pronto por las baterías que retumbaron en la abertura del mar. La columna se arrodilló instintivamente y las manos apretaron los cascos. El coronel se quedó de pie mirando en la dirección del ruido.

—¡A las rocas! —gritó haciendo señales como si no pudieran oírle.

Su hilera comenzó a saltar, encogiéndose y desapareciendo por el sitio de la barrera. Los del otro lado cruzaron en bloque y ocuparon el lugar de los que ya corrían por el sendero de arena. La polvareda se hizo más densa. Dejaron de ver la ciudad del arrecife y los barcos se escondieron en humaredas. A las tandas de cañonazos sucedieron explosiones cercanas que sonaban a oquedad, como si la onda quedara encerrada en agujeros o muros. Luego el aire parecía ir partiéndose en pedazos lentos, astillados de una bóveda que podría desplomarse.

—Le toca a usted —dijo el oficial al jefe de la columna, vuelto hacia la cuesta y averiguando en lo que no se veía.

—Ya voy —dijo el militar escuálido, volviendo hacia el otro ojos que se habían detenido en una visión.

El coronel saltó, cayó en la arena y se fue adelante con una torsión rara. El oficial había empezado a correr, pero al no sentirle miró hacia atrás. Le vio llegar cojeando.

—¿Está usted herido?

—Lo justo para acordarme... —se interrumpió y movió la cabeza para negar lo que estaba diciendo— para acordarme de la edad que tengo.

—No bromee. Está en plena forma —contestó el oficial haciendo lo posible por disimular el examen de la figura consumida, de piel traslúcida y ojos afiebrados que pasaba renqueante.

Todavía se quedó unos segundos observándole, con la expresión de estar haciéndose preguntas.

Los hombres se habían resguardado en las paredes verticales de piedra gris, fuera de los cañones y del campo de tiro de la ciudad. El coronel cojeó hasta la escalinata, por la parte expuesta de la arena. El oficial le siguió echando vistazos prevenidos a lo de arriba. Un par de veces el acantilado retumbó y grupos de soldados corrieron a la orilla. El oficial repitió las órdenes a gritos antes de encontrarse con el que le esperaba en los peldaños y un plano sobre las rodillas.

—Se han asustado un poco —dijo el oficial, explicando innecesariamente los gritos con los que se había acercado—. Nos ha cogido a todos por sorpresa. Ayer, nadie esperaba esto y hoy estamos aquí.

—No se preocupe. Antes de llegar arriba ya nos habremos acostumbrado —respondió el coronel con el mapa de cara al que acababa de sentarse un peldaño más abajo.

El otro no miró el mapa. Necesitaba decir algo todavía.

—La mayoría tiene una idea vaga de dónde está. Pero saben que hay muchos frentes, que es una guerra demasiado grande para saber qué está pasando en cualquier momento. Yo creo que eso asusta más que los cañonazos. Morir sin saber qué está pasando.

—Es lo habitual. Todos morimos sin saber qué va a pasar y sin estar seguros de lo que ha pasado.

El coronel estiró el mapa en las piernas y miró abiertamente al que tenía debajo. Vio a un capitán que se acercaba a la treintena, con el rostro barrido por un temor controlado. También debió hacerse preguntas.

—Será mejor que no pensemos en ningún final y nos limitemos a vivir cada paso que damos. Lo absurdo no merece pensarse. Así que atienda —dijo el hombre escuálido con una frialdad que no tuvo nada de paternal, sino de poso amargo y resistente acostumbrado a ser escupido.

—Aquí encontraremos el meollo —continuó, señalando con el dedo un círculo pintado—. Subiremos juntos hasta la avenida. Usted y los suyos la cruzarán y se pondrán a limpiar esta zona de callejas hasta que les pare el mar. Nosotros ocuparemos el zoco y la plaza. Antes o después, usted o yo, enlazaremos con los que vienen del Sur y del Este. Cada uno garantiza su paso. No se trata de llegar o de llegar pronto, sino de asegurar el camino. Esto es importante y la clave del asunto. Casa por casa, si hace falta. Vaya dejando controles y que la línea de mando tenga clara la operación. Hay que estar listos en cuanto despeje. Subiremos por aquí y nos separaremos en estos dos callejones que dan a la avenida. Esto no puede durar mucho. Todo preparado.

El tono del coronel fue el del que recita un prospecto de memoria en la voz baja y desalentada que parece comunicarse con la enfermedad bajo la excusa del remedio. Cuando el oficial se despidió, el hombre mayor levantó la vista del plano y la dirigió a un punto de enfrente. La tempestad de polvo y humo se movía sobre la superficie del entrante como una cortina en sentido contrario a los cañones del mar. Por encima, se distinguía una franja de cielo azul inexplicablemente limpio, mientras debajo la corriente de agua tenía una opacidad estancada. De vez en cuando, un jirón de aire comunicaba el agua y el cielo y dejaba ver de pronto detalles de lo que había en la otra orilla. Rocas brillantes en una escollera, fachadas sin tejado, igual que patios, una punta de espigón, quizá una playa, hacia la izquierda. Una nave blanca y chata, como una fábrica, con letras negras que llenaban un lateral y un nombre, un monte amarillo con ruinas, en el otro extremo del puente. El coronel contemplaba las trasparencias de la polvareda —que desaparecían y cambiaban de sitio— con el interés de las imágenes azarosas que descubrían. Claras y de pronto fundidas en polvo, como escenas interrumpidas de un paisaje total que se componía más tarde en la imaginación y que mientras tanto la impresionaban con pedazos rebeldes.

El silencio que vino bruscamente le despertó como si el ruido del bombardeo hubiera tenido una relación secreta con el ritmo de aparición y desaparición de las trasparencias y al perderse, se perdiera también un cierto flujo de las imágenes.

Miró hacia arriba en un gesto que parecía buscar la causa del silencio en la elevación repentina del estruendo a otra altura.

La columna empezó a subir por la escalinata con la lentitud del vacío inseguro que se había quedado en la cabeza, liberándose todavía del sueño atronador que percutía en la carne. Cruzó un paseo empedrado y se dividió hacia dos callejuelas de casas blancas y bajas que se empinaban en una cuesta. El grupo del coronel se repartió lateralmente, vigilando las puertas y ventanas que se habían cerrado sobre toda señal de vida. Ahora los soldados hacían movimientos nerviosos, pegándose de pronto a una fachada, apuntando con los fusiles a una altura oblicua, quietos durante segundos inútiles y trotando para recuperar el terreno perdido en una amenaza invisible, pero suspendida sobre ellos en una estrechez pegajosa. Sólo el coronel caminaba como si supiese que la calle tenía un final y que pronto verían otra cosa.

Se paró al llegar a la avenida y levantó una mano que estuvo quieta hasta que el capitán asomó cien metros a la izquierda, por la bocacalle. Luego, la palma de esa mano se volvió al capitán y los hombres que estaban a su espalda salieron del callejón a la carrera, buscando la protección de los plátanos, de los portales y de los bancos. Se quedó observando —unos segundos en lo que todo parecía preparado para algo, pero nada se movió— la iglesia con la cúpula brillante y la explanada de una casa grande, más adelante en la misma acera. Después, en unos segundos más rápidos, los edificios de enfrente, con balconadas, varias plantas y portales amplios. Algunos parecían oficiales. No se escuchaba nada. La ciudad que veía parecía afantasmada tras un bombardeo del que tampoco había pruebas visibles. El jefe de la columna calculó algo en aquella inmovilidad exagerada y bajó la mano en un gesto definitivo de balance.

Los de la otra calle empezaron a saltar en grupos y a desaparecer al otro lado. Durante minutos se escuchó el traqueteo metálico de los equipos agrandado en un desierto de amanecer, de amanecer falso y ojos escondidos de un cielo de polvo alto mezclado con una luz intemporal y turbia.

Luego volvió la quietud, la quietud que ponía espesor en el aire y que se endurecía al tocarla. Los soldados arrodillados en los plátanos, tendidos bajo los bancos o enseñando un perfil reducido desde los portales, se quedaron mirando el lugar por el que habían desaparecido los otros, quizá con el sentimiento de la primera soledad o la primera pérdida de un día organizado por esos temores.

El coronel fijó una dirección con el brazo extendido y después movió circularmente la mano al final del trayecto de ese brazo. Un suboficial corrió a su lado y murmuraron deprisa. El suboficial corrió otra vez y tomó la cabeza en la fila de castaños. Los soldados comenzaron a saltar posiciones, avanzando hacia la plaza con jardines y soportales, a unos quinientos metros. El hombre mayor metió las manos entre las correas del subfusil que colgaba del cuello y se puso a caminar con una tranquilidad distanciada del reflejo protector de los portales, los bancos o los árboles. Apenas cojeaba. Cuando llegaron a la iglesia, el suboficial le mandó un gesto interrogativo. El coronel señaló, con una especie de rebote de la barbilla, el otro lado de la calle. Varios pelotones la cruzaron y se quedaron a cubierto.

La puerta pequeña estaba entornada. El hombre mayor la empujó lentamente. Sonaron carreras a su espalda.

—Vuelvan a la posición. Aquí no hay nada —dijo sin mirar.

La empujó hasta el tope y dejó una mano indecisa sobre la puerta. En la penumbra de dentro, brillaron los atriles con velas a los lados de un altar, bajo una cruz de hierro. Ahora sí miró hacia atrás y, sin dejar de mirar, entró. Se paró en los bancos y levantó la cabeza al rayo de luz que se difundía por los ventanucos del ábside. La luz hacía franjas hasta morir en el suelo. Las paredes desnudas parecían elevarse por encima de ese suelo y el hombre con ellas. Entrecerró los ojos como si la claridad no le dejara ver.

—No hay nada —repitió murmurando.

Dos detonaciones secas, extrañamente cercanas, llegaron a la nave y la atravesaron. El cuerpo se contrajo, pero no se agachó ni esquivó.

—Aquí no entrarán.

A continuación llegó un tiroteo disperso que pareció tantear en el templo y buscarle.

—No se atreverán.

Sintió la humedad de las manos y el cosquilleo en otras partes del cuerpo.

Avanzó un paso y giró como si rechazara algo. Observó el paño de luz de la puerta por la que había entrado. Tocó un banco y notó que lo había mojado. Cuando descubrió la silueta en el contraluz, hizo un gesto de frío.

—¡Están en las terrazas, mi coronel! —chilló la silueta.

—Ya voy —contestó tocándose la frente y desviando la humedad de los párpados.

Cuando salieron a la calle, el fuego cesó un momento.

—Por allí —indicó el suboficial, en cuclillas y extendiendo una mano.

Las cabezas oscuras se movían en lo alto de los edificios. El coronel siguió la línea de terrazas hasta la plaza.

—¿Sólo en ese lado?

—Hasta ahora, sí.

—Hay que entrar, pero cuidando también la trasera. Que se ocupen los de ese lado. Nosotros continuaremos hasta la plaza. Hable con el enlace.

El grupo del coronel avanzó con la mirada dividida entre las terrazas, el objetivo silencioso del fondo y las partidas de hombres retrasados que se apostaban en las puertas y luego se lanzaban adentro. Sonaron ráfagas y tiros en el interior amortiguado de los edificios, mientras la calle se volvía tranquila y las cabezas oscuras desaparecían de lo alto. Ese ruido de peligro oculto se reflejó en las caras de la calle con una ansiedad que pedía lo mismo y no aquella impasibilidad equivocada y distante que las obligaba a mirar en una dirección en la que no ocurría nada. El propio coronel caminaba casi vuelto, con los ojos enrojecidos —que parecían haber encontrado el lugar al que pertenecían— observando las maniobras de los que se habían quedado detrás.

Cuando alcanzaron la plaza, ya no quedaba nadie visible en la otra acera. La lucha se los había llevado al interior de las casas y las ráfagas y los tiros se prolongaban ahora en un rumor continuo al que resultaba más fácil acostumbrarse que a las detonaciones aisladas que convertían la quietud en algo extraordinario.

El coronel apoyó una rodilla en el suelo del primer soportal, junto a una columna, dando la espalda a un arco pequeño y a un letrero que decía «Bazar de Yibari». Había llegado a ese suelo, menos como resultado de una precaución —coherente con la tranquilidad sospechosa de la plaza en la que no se sentía ni un alma— que del peso aplastante de duda que le hizo bajar la cabeza y aislarse. Poco a poco, en un ángulo extraño casi por debajo del hombro, el rostro fue girando hacia la espalda y la vista pasó con dos golpes diferentes a la tienda de Yibari y al arco pequeño. Los cascos de los soldados salteaban los resguardos de la avenida en una formación que había ido empujando a los de la cola y apretándolos con los de delante, como si el vacío que había quedado detrás fuera más inquietante que el porvenir de la plaza. Hubo movimiento de patrullas en la otra acera, gritos de ayuda, carreras y finalmente la desaparición dentro de las casas y el clamor estancado de las detonaciones.

Volvió a mirar delante, pero no pareció una mirada concentrada y especulativa, sino un deslizamiento por detalles observados a distancia e incapaces de contenerla: un jardín central y despoblado, con troncos desnudos clavados igual que lanzas, fachadas con grietas y desconchados, puertas sin color, cristales rotos, portales sellados con una suciedad diversa de cajas, arena, aperos y papeles.

—A la orden —dijo el suboficial en su oído.

En algún tramo de aquella atención resbaladiza, debía de haberle llamado.

—Voy a entrar con un pelotón por ese arco. Usted y el resto esperarán a que yo salga por esa puerta de ahí delante, ¿la ve? Si los de enfrente terminan antes, empiecen el asalto a las casas. Dejen un hombre en cada terraza. Ésa es la dirección del mar.

—Huele a podrido ahí dentro. ¿Qué es?

—Eso es el zoco.

—Espero que acaben antes de que los mate el asco.

El coronel se quedó muy cerca de la otra cara.

—No me pierda de vista.

Una calle de fachadas amorfas y con restos azules, cerradas con tableros grandes, divididas por un regato enlodado y con orillas que avanzaban hacia los agujeros de las puertas. Nubes de moscas con un silencio pesado sobrevolando aquella especie de sumidero y las esquinas negras de los callejones poco más anchos que un hombre. Contemplaron aquello con la curiosidad de un cambio súbito. Durante segundos no parecieron hombres armados, sino simples extranjeros sorprendidos y desorientados.

—Adelante —dijo el coronel sin moverse, con una orden apagada.

Antes de que la orden tuviera algún efecto sobre el momento dudoso, una serie de golpes secos deshizo el pelotón como si alguien hubiera soplado en el centro de un puñado de polvo.

El coronel se limitó a dar un paso lateral que no le protegía de nada, pero que pareció el máximo esfuerzo de que era capaz para moverse de lo que veía.

La alarma de los golpes no dio paso a otra cosa. Tal vez fueran ventanas. El zoco continuó absorto en su pestilencia, aunque ahora con hombres tumbados en el regato y la cara negra, y hombres con posturas extrañas en los ángulos de las paredes, algunos sentados y con las piernas recogidas como si hubieran huido del lodo antes que de la otra amenaza.

El coronel permanecía quieto, con los brazos caídos, examinando por delante los callejones, los tableros, los agujeros sin puerta, la paz de aquella miseria completa y abandonada que respiraba su propio aire. Utilizaba su propia quietud para introducirse en una quietud que no dejaba escapar señales y que les estaba encerrando en una pequeñez asfixiante recorrida por la peste.

Todos debieron sentir la proximidad acechante —una proximidad que se estrechaba a medida que las sensaciones eran más adversas— de las puertas y de sus agujeros a una distancia en la que podrían oler a sus enemigos, el olor de los dedos y del hierro de los gatillos, igual que ahora estaban oliendo el regato.

El coronel no miraba atrás y no veía la repulsión de las caras, la emoción distinta del miedo, pero encaramada al miedo, tocando la descomposición con carne que aún estaba viva. Los soldados parecían inmovilizados en una huida sin fuerzas, apresados por el mismo rechazo.

Empezó a caminar y los soldados le miraron con el gesto de tener todavía un plazo para seguirle. Dos ratas cruzaron parsimoniosamente desde el callejón de la derecha. El coronel cambió de lado y se asomó al hueco de una puerta sin llegar a detenerse. Lo hizo pocos pasos más allá, en el callejón del que habían salido las ratas y dándose la vuelta enseguida como si hubiera pasado por alto alguna cosa en el camino ya hecho. Volvió a examinar los tableros, las fachadas abombadas y hendidas, incluso el cielo que se estaba depositando —un último cierre en la estrechez— sobre el agujero del zoco.

En la prolongación de aquella inmovilidad —distinta a la de la avenida, cargada de olor, de cercanía y de rechazo y también sin parapetos— podían sentir el movimiento de lo que era hostil y la presencia humana que se escondía en lo que les expulsaba. No veían a nadie, pero no estaban lejos: esa intuición no tenía que ver con el rumor que sonaba en la avenida, o con las cabezas oscuras que habían visto, sino con el acoso impasible de lo que tenían delante y que demostraba su fuerza en silencio.

La mirada rebotó en la zona de los soldados y repitió el trayecto hasta quedar enfrente del callejón de las ratas. Luego, se introdujo en el callejón y enseguida buscó en el final de la calle grande, con otro arco a la izquierda y una continuación angosta que terminaba en una convergencia falsa. La cabeza del coronel se movía a todas partes, pero el cuerpo estaba paralizado. Estaba a veinte o treinta pasos del pelotón. De pronto, reparó en esa distancia como si fuera a decir algo, pero antes de decirlo descubrió, por una esquina del ojo que quizá estaba esperando, con una rapidez que se anticipó a lo que aparecía, la mancha blanca de un vestido, la pelambrera negra y suelta que caía sobre los hombros y el volumen completo de la presencia que surgió en su mismo lado.

—¡No! —gritó con la conciencia de que ese grito estaba siendo sepultado por un estrépito más rápido que su voz y sus ojos.

Aún tuvo tiempo de ver, bajo el humo de la descarga que se elevó en un silencio que le obedecía demasiado tarde, el chirrido de los tableros empujados de golpe igual que viseras y el otro humo, el humo a la altura de un hombre, que salió de todos los agujeros de la calle y que puso una niebla tranquilizadora, aliviando la fetidez y la angustia, en lo que ya no miraba.

Siguió escuchando disparos y pisadas más tiempo, hasta que todo empezó a irse por un callejón más largo. No vio el final del callejón, pero pensó que sería infinito.

Cuando abrió los ojos, se encontró con un cielo de polvo uniforme y una sensación ardiente en la piel. Estuvo así un rato, reposando en una incertidumbre que le ofrecía con la misma claridad una vida y una muerte posibles. Después ladeó la cabeza y reconoció las casas con el piso de lodo en el nivel de su cara.

Se sentó agarrándose la cintura que le estaba abrasando y que extendía calor al resto del cuerpo. En esa postura, que parecía atar dos partes iguales y separadas, miró alrededor. Detrás había soldados inmóviles: unos, tendidos en el regato con la cara levantada y dormida en el arma y otros, sentados contra la pared, las piernas recogidas y los rostros indiferentes a puntos del suelo.

Se arrodilló, inclinando el cuerpo abrasado, y se levantó. Antes del primer paso, los oídos quedaron abiertos a la calma exterior y espesa de la que habían desaparecido los rastros: no había voces, ni disparos, ni rumor físico de cosas: Miró hacia el arco de atrás y se puso a caminar en el otro sentido sin quitar los brazos que pegaban las mitades, con pasos pesados que chapoteaban en el regato y la cabeza rígida en la única sujeción que le quedaba a la gravedad creciente del organismo.

El bulto blanco había quedado tendido casi en el centro, reunido junto a la prominencia del tronco, en una forma abrigada de la humedad y del detritus. Fue desviándose de la salida del arco que quedaba a la izquierda y acercándose al resto humano. Los pies empezaron a arrastrarse en la proximidad de un cuerpo negro y enorme, con la cabellera larga y estrellada en barro que subía lentamente por ella. Apretó más los brazos y se agachó. Una de las manos tendió los dedos sin separarse apenas de lo que sujetaban, en dirección a la cabellera. Se inclinó hasta que estuvo a punto de rozar al hombre tendido, pero los dedos no llegaron. Hicieron entonces el gesto de tener algo entre ellos y acariciarlo como una trenza inacabable, mientras no dejaba de mirar con los ojos líquidos de un pájaro posado encima, la nariz aplastada y la boca con una cuchillada central del grosor justo de una moneda.

Más tarde, cuando medía las fuerzas para incorporarse y cuando la vista le dirigía hacia el arco, escuchó de la boca que no pudo ver y que tampoco se habría atrevido a mirar:

—El carnero..., el carnero blanco.

Tenía la impresión de estar corriendo, pero sabía que la plaza se alargaba más que su prisa, que necesitaba correr y la electricidad de esa carrera. Aunque estuviera dejando la misma huella de sueño que la plaza desierta, desierta para él solo y desierta para que corriese sin obstáculo a su final.

Vio la calle que tardaba en acercarse y que su deseo apresurado quizá estaba empujando hacia atrás, hacia otra ciudad con la misma calle que no alcanzaría nunca. Trató de asegurar detalles, de fijarse a ellos con una voluntad que hacía nudos y que tiraría de él con cuerdas hacia el sitio de los nudos. El farol, la esquina, aquello le bastaba. Y tendría que bastarle sobre todo ahora en que manchas ácidas entraban por los laterales de la visión y hacían borrones en los contornos. Un farol, una esquina.

Las casas abandonadas o cerradas, con la señal de muchos abandonos y cierres que consumía los materiales, y las calles sin gente, dejaron pasar al hombre mayor vestido de militar que hacía los esfuerzos de una carrera, pero que se movía con una lentitud dolorosa, agitando una carne sin nervios, avanzando y deteniéndose a golpes, como si tirase de él una fuerza distraída que sólo a ratos se acordaba de que había alguien en el extremo.

El farol y la esquina. Estaba allí. Se paró con la boca abierta por algo que ya no era jadeo, sino un simple ruido incapaz de mover el aire que se quedaba a las puertas del agujero.

Entonces, dudó. Podía verse la duda en los ojos que se adelantaban a la cara o en la cara que se retraía de esos ojos apuntando a direcciones casi opuestas. Una, hacia un fondo oblicuo y otra, hacia la bocacalle de la esquina. Esa doble fijeza le inmovilizó del todo y fue cargando sus pies en el suelo, descolgando el cuerpo hacia un lecho irremediable.

Le quedaron energías para separar los brazos y verlos empapados de sangre. No miró el lugar de la herida, sólo su presencia en los brazos, antes de despedirse, con una mirada que todavía pudo ser triste, del fondo oblicuo, más allá de la calle y quizá de otras calles.

Se dejó caer por la derecha. Tal vez había llegado rodando o tal vez se había levantado en ese momento, pero estaba de pie, delante de una casa con verja, balcones de piedra y decorados de escayola, dando la espalda a un mar tan callado como lo demás.

La verja estaba abierta. La grama del jardín parecía entera y tan verde como si la estuviese recordando. La puerta de la casa también estaba abierta. Pensó que atravesaría el pasillo y llegaría a un fondo de luz congelada donde le estaban esperando.

—Abdellah —fue todo lo que dijo.

Y, mientras lo decía, le dio tiempo a pensar que ya no podría decir nada más.

Detrás del hombre caído sobre la grama, inerte y agarrado a sí mismo, quedó un terraplén y un mar callado.

23

Estaba metido hasta la cintura, pero no bastaba. En ese agujero tenía que aguardar tanto como el extraño tardara en volver —y podía tardar tanto como él, acostumbrado a fracciones del tiempo, no llegaba a imaginar—. Hurgaba y arañaba en el fondo con el deseo de estar enterrando el tiempo sin medida.

Un agujero para vivir. También, un arma. Preparada para cualquier instante de la serie infinita. Se había equivocado al pensar que un agujero sólo protegía a distancia, que sólo protegía. Valía más. Valía para quedarse, valía para esperar, valía para ver y no ser visto.

Sacaba puñados del suelo descompuesto. Los ponía en el cerco amontonado de afuera y cuando ganaba altura lo empujaba hacia atrás. El suelo no se hacía más duro. Le habría gustado encontrar esa dureza, clavar los dedos y sacar pedazos. Pero la única sensación era la de restos entre las uñas y la carne.

Avanzaba deprisa. Pronto habría acabado. No tenía que dormir ni despertar nunca más. Sólo esperar durante vigilias. Era distinto, muy distinto a quedarse esperando en la superficie de la llanura.

¿Echaría de menos el otro lado? Se paró un momento y se miró las manos sucias. ¿Qué no sabía? ¿Echar de menos? Podía recordar. Recordaría, porque eso era también un arma. Pero volver, no.

En la piel y en las vísceras quedaban garfios de aquel sitio, tirando de él como si tuviesen cogida una herida. Estiró los dedos y volvió a hundirlos. Más que cavar, se agarró al polvo. Volver, no. Tenía el agujero y las manos que lo hacían. ¿Qué tuvo allí?

Miró por encima del cerco que estaba ya a la altura de los ojos. Apartó un lado del montón y trepó afuera. Luego se quitó la guerrera y la extendió. Enterró las mangas bajo pilas de arena y el resto lo camufló con una capa delgada.

Volvió a meterse en el agujero, cogió dos puntas de la prenda y se cubrió con un techo hasta la rendija que le permitía ver la ribera a distancia.

Ya estaba esperando.

Adelante, amigo.

24

Dejó escapar una sonrisa cuando la silueta apareció en la otra orilla. A él le quedaba paciencia para mucho más. La fuerza para esperar en el tiempo indefinido estaba intacta. Quizá se había equivocado con el extraño y la costumbre de la eternidad no tuviera que ver con las fuerzas para aguantar el tiempo, esas fuerzas sólo naciesen de la experiencia pequeña y mortal.

¿Cuánto había pasado? Nada. Pero allí tenía al impaciente, al borde del agua.

La silueta se detuvo en el centro de la rendija. Vio que la cabeza se movía a los lados, buscándole. El resto del cuerpo permanecía muy quieto, como si la búsqueda lo hubiese parado de una forma especial.

—Ahora tienes que cruzar —dijo en voz alta en su agujero—. Tienes que cruzar sólo para verme.

De pronto, la silueta giró y se puso a mirar el camino por el que había llegado. No al suelo o a las zonas del suelo, sino a algún origen situado entre el horizonte y la bóveda. No se movía. No estaba intentando volver. Simplemente miraba a aquel punto como esperando señales o instrucciones. Martin miró también en la dirección, echándose a los lados del agujero y asegurándose de que lo estaba viendo todo: la llanura, el cielo, el resplandor de siempre con el río atravesando esa fijeza que parecía el producto endurecido de un pensamiento incapaz de añadir nada.

—No es por ahí —volvió a decir en voz alta—. ¿Qué te pasa? ¿Crees que he cruzado y me he perdido en la otra parte? Un momento. La jugada es nueva. No olvidemos al que está jugando. Cuidado. Yo no voy a salir de aquí.

La silueta continuaba vuelta hacia la profundidad sin avisos. Clavada en el suelo, con una especie de pasividad agotada que necesitaba el exterior para reanimarse.

—No voy a salir. Puedo esperar mucho todavía. No importa que esté aquí. También debo estar preparado para eso —murmuró deprisa, como si tuviese que aprender deprisa.

Cuando volvió a concentrarse en la silueta, vio algo. Estaba lejos. El agujero tenía más de cien pasos hasta la orilla. Lo que se movió no fue claro, aunque se repetía: en la mitad del cuerpo, separándose, volviendo, quizá una seña. No para él, escondida de él.

Trató de no mirar más que eso, allí, en la cintura, poco más que un temblor, y de borrar lo que quedaba fuera, el cuerpo que no era aquel temblor.

Arrugó los ojos en un gesto tan reflejo como el que retiró el techo lentamente hacia atrás, dejando descubierta la mitad del agujero y buscando más visibilidad, más campo, para apreciar lo casi invisible. Aplastó, con la misma necesidad de espacio para la vista, arena del cerco que no le molestaba y al final se quedó agarrado al borde.

¿Eran manos? ¿Manos que estaban diciendo algo a nadie?

Estaba lejos. Tenía miedo de adivinar y de caer luego en la trampa de lo que adivinaba. No era una seña para él, quizá tampoco era nada. No había que averiguar.

—Cuidado. Nada le impide darse la vuelta y cruzar. Yo le conozco —ahora, el murmullo pareció quedar aislado de la expresión que miraba.

Había descubierto el temblor claramente separado del cuerpo, con luz que se metía por medio y dejaba una sombra pequeña enfrente de la sombra grande. La silueta movió los pies. No era enfrente, era a los lados, dos sombras pequeñas despegadas y con un gesto que palpitaba fuera del tronco.

Eran manos. Manos haciendo algo en dirección al horizonte y la bóveda. Abiertas. Manos abiertas. Separadas. ¿Separadas para preguntar a distancia? ¿Para decir que esperaban? Cuidado. La curiosidad y la trampa. No tenía que adivinar, ni que averiguar.

La expresión de su cara cambió de repente. Igual que una onda en el agua que iba alejando las arrugas del gesto intrigado. Moviéndolas hacia los bordes y poniendo en su lugar una limpieza un poco atónita que apenas duró y que era ya una limpieza vaciada, inmóvil, de carne aplastada por un molde. Los puños cogieron arena y se quedaron arriba, en el sitio de antes. Lo demás fue un escalofrío de retirada que se detuvo antes de la pared.

Fue otra vez a la sombra. De las manos al cuerpo despegado. Lo recorrió de arriba abajo. Muchas veces. No pudo ver más de lo que había visto antes. Sin que a la silueta llegara ninguna claridad, datos. Clavada en la otra orilla, indiferente a él.

Tenía la sensación de estar paralizado dentro de un agujero cavado por su propia parálisis. El agujero ofensivo, no protector, y ahora sólo agujero de hombre congelado.

Pareció que sus ojos ganaron un resto de vida cuando, cansado de mirar en la silueta impasible, dentro de la sombra que no le mostraba más que oscuridad, empezaron a resbalar por los contornos de la figura con la luz débil que se detenía en ellos. El pelo, los hombros, los brazos, la cadera, hasta llegar a los pies y después volviendo a subir buscando aquellas manos separadas, la curva de las yemas, el lugar donde los dedos se juntaban con la palma. Muchas veces y cada vez más lento, tropezando más en cada recorrido como si cada punto de la línea sobre la que antes era fácil resbalar, se estuviera convirtiendo en algo rocoso.

Cerró los ojos sin apretarlos, en un gesto de alivio y descarga. Cuando volvió a abrirlos, no fueron a la otra orilla, sino al fondo del agujero. Subieron más tarde por la pared y al llegar arriba arrastraron al hombre que estaba dentro y que apareció en la llanura con un salto demasiado elástico, demasiado despierto contra su propia cara vaciada que había estado agotándose y mirando.

No fue más que un rapto de energía que le permitió trasladarse desde la pasividad del hoyo al exterior del hoyo.

Al principio, la figura estuvo quieta. Martin notó que las manos habían vuelto a su sitio y no se habían despegado más. La inmovilidad ya no buscaba en su origen, sino que permanecía allí, con la conciencia de un espacio ocupado, en la proximidad del río, de espaldas a la zona en la que no le encontró. Estaba vuelta, pero él tenía la seguridad de que la espalda miraba y sentía.

No podía ser el peso de las cartucheras llenas de tierra lo que le hacía caminar doblando las piernas, el cuerpo vencido —aunque la cabeza le seguía vertical y fija— y los brazos empujando y sacándole a alguna superficie. No era el peso de las cartucheras, sólo podía ser el peso de un camino hecho contra la voluntad y en el que cada zancada dejaba en el aire una estela de paso hacia atrás, de sentido contrario. No saldría del agujero y salió. No adivinaría y adivinó. Podía seguir esperando y salía al encuentro. Le cazaría con un arma y marchaba hacia él desarmado.

Estaba seguro de que miraba y sentía, y lo estuvo más cuando alcanzó la orilla y el cuerpo de enfrente no se movió. Él utilizó ese tiempo para recomponerse con ademanes de estar esperando delante de un espejo a que salieran por una puerta que estaba a punto de abrirse. Trató de enderezar las piernas y desde ahí poner derecho lo demás. Luego empezó a sacudir el uniforme y a revisarlo con la extrañeza ante una cosa descubierta. Las manos lo hicieron con incertidumbre, cuello, arrugas, botones, y retirándose deprisa, como si la piel o la prenda estuvieran demasiado deshechas. Después tocó los sitios de la cara y el pelo.

La silueta quizá había esperado a que terminara todo eso. Giró la cabeza y los ojos grandes le miraron hasta atravesarle de cristal azul. Duró así: sólo la cara vuelta, la mirada y el cuerpo, de espaldas. Él extendió los brazos como si quisiera que le mirase entera y también —sin dar un paso, sin tocar el río— como si estuviera acercándose o la acercara hasta él.

La sombra se volvió entonces del todo, imitando los brazos de la otra orilla, la forma de acercarse sin dar un paso. Aquella cara quizá se iluminó con los destellos del río y apretó los labios para tragarse una emoción que, en cambio, dilataba las pupilas con un brillo frenético. Era la cara que podía correr hacia él y que, sin embargo, no se movía.

La boca del hombre se abrió varias veces, pero se limitó a buscar aire y a llevarlo adentro. Los brazos hicieron gestos de coger, abrazar, oprimir, palpar en la distancia del río interpuesto. Manoteando lastimosamente, vacíos.

Acabó mirando esos brazos y los brazos se vinieron abajo con toda su ansiedad inútil. Se puso a correr por la orilla en las direcciones de un animal encerrado, deteniéndose y regresando a la figura que le veía en su prisión voluntaria, sin entender por qué no cruzaba el río, con una silenciosa llamada de desesperación que separó los labios y miró mientras le perdía, aunque sólo fuera durante el espacio breve y de un lado a otro de la carrera.

En un alarde igual de impotente, llegó a quitarse el cinturón y a lanzarlo lejos. Pero después no supo qué hacer. Ni siquiera siguió corriendo. Ni siquiera hizo el intento de asomarse al río. Se quedó libre del peso, aunque también inerte, despojado de la gravedad que le tenía en el suelo y con la que se trasladaba.

Se quedó del río a una distancia que no decía nada, ni que se estuviera yendo, ni que fuera a cruzarlo: la carne descolgada de un cuerpo sin esqueleto, los brazos caídos, la cara inexpresivamente absorta, de pie, aunque en una postura no recta, de materia amontonada.

La imagen del otro lado reprodujo el desfallecimiento con un retraso gradual, pero todavía con la expresión frenética que se resistía a no llamarle, a no suplicarle. Ven, ven.

—Cruza. Cruza tú —consiguió decir Martin—. ¡No! No he querido decir eso.

Un dolor retorcido se puso en su cara, desfigurándola hasta que cualquier cosa pudiera pasar con esa cara.

—¿Qué harías aquí? Soy yo el que tiene que estar. Soy yo también el que debería cruzar. Tú, no. Tú no tienes que hacer nada. ¿Qué harías aquí conmigo? —continuó, hablando consigo mismo más que pretendiendo ser escuchado en la distancia—. ¿Qué estoy diciendo? ¿De qué hablo? —miró al otro lado, sorprendido de sus propias palabras y tratando de borrarlas—. Tú no puedes pasar. Tú estás allí.

Se paró de pronto y los rasgos se ablandaron casi hasta desaparecer.

—Tú estás allí. Allí. ¿Cuánto tendré que repetírmelo? —lo último ya salió con un sabor salado que le sorprendió en la boca y le desconcertó durante segundos.

En cuanto pudo, se tocó la cara intentando apartar aquella humedad que no recordaba de antes, pero que podía empaparle igual que un miedo.

Mientras lo hacía, observó borrosamente que la cara iluminada de la otra orilla abría y cerraba los labios, diciendo algo que no era capaz de escuchar o que no salía con fuerza suficiente. Un solo sonido. Un solo sonido mudo repetido muchas veces. Un mensaje de un solo carácter que explotaba de labios oprimidos a la abertura grande del aire. Un ruido de disparo, si no fuera porque la boca se quedaba tiempo abierta, más tiempo que oprimida, y la sequedad de lo que habría sido un disparo se difundía y se alargaba. Pam, plaf, pa...

—¿Papá?

Lo escuchó claramente, aunque al extremo lejano de un hilo, y lo sintió igual que la bala.

—¿Papá?

La misma claridad de escucharlo iluminó otras partes de aquel cuerpo. Vio el vestido blanco que le dejaba libres las manos y las piernas, los dedos que había vigilado muchas noches hasta que se cerraron en la habitación de la que Elisa vino a llevársela, la totalidad menuda que estaba allí y que él había tocado siempre que había querido.

—Amelia..., niña.

La expresión ansiosa se borró de la cara de la chiquilla, los ojos se fueron aplacando y la boca enseñó todos los dientes de una sonrisa, la hilera pequeña y junta que parecía limada.

Amelia volvió a extender los brazos y a moverlos: ven, ven. Pero sin hablar, como si lo que pudiera decir hubiera sido dicho. Él sabía que estaban lejos y que no llegarían todas las palabras. Quizá Amelia dijo más cosas, incluso las estuviera diciendo, pero no llegaban. A pesar de ello, dijo, en un tono indeciso entre las dos orillas:

—No puedo. No puedo ir contigo. No puedo pasar solo la corriente.

Lo dijo sin atreverse a mirarla, buscando alrededor de ella un punto de reposo. ¿Por qué la estaba mintiendo? ¿Por qué la mentía si ni siquiera estaba seguro de que pudiese escucharle? Sintió la vergüenza de una mentira inútil, que le reducía al hombre cobarde y quieto de su propia orilla.

Entonces buscó sus ojos, los grandes cristales azules que habían mirado un mundo redondo y siguió viendo su cara de felicidad, sus brazos convencidos de que le estaban llevando.

—No voy a ir —tampoco ahora le escucharía mejor—. No quiero ir. Te costaría entenderlo. Mi amor pequeño. Estoy luchando en esta orilla contra el que viene a llevarme. Él no es más fuerte que yo. Quiero que lo sepas. Guárdalo para ti, pero si alguien te pregunta —desvió ligeramente la vista al horizonte sin fondo—, contéstale con eso.

No le había escuchado: la felicidad de la niña parecía más intensa, rozando de nuevo, aunque con una emoción contraria, el límite frenético de antes.

Las manos decían algo otra vez. Apuntaban hacia abajo, con los índices señalando, con la precisión infantil que lo descubría, un lugar exacto.

Señalaban el río. Primero, la parte de la orilla y después una dirección hacia dentro. Martin siguió aquellos dedos fijos.

Una lumbre blanca, fuerte, subía desde el fondo del agua. La forma de una marca insegura, temblando, que unía con el resplandor el sitio de Amelia y el suyo. Al ascender se fue haciendo más ancha y refugiándose en límites sólidos. Llegó cerca de la superficie y se quedó quieta con una lámina de agua por encima. Martin siguió la señal hasta los pies de

Amelia y hasta donde Amelia volvía a decirle: ven, ven.

Los dos miraron el río al mismo tiempo. La escala de piedra brillante se había elevado y tendido —una curva en el centro, uno o dos palmos arriba— en la corriente. Un resplandor de formas alargadas que iban y venían en un tránsito continuo, por los laterales, sin ocupar nunca el espacio del centro, iluminó la noche en lo alto de la escala.

Martin no se sorprendió. Creía saber algo de aquella escala y del tránsito de las figuras. Se quedó observando el movimiento y los peldaños a la medida de un hombre. Pensó en lo fácil que sería pisarlos, cerrar los ojos y dejar que le llevaran. Amelia estaba al final.

—No iré —empezó a decir, aunque en la voz baja que aceptaba que la niña no podía escucharle—. No es más fuerte que yo. Mi paraíso está aquí. Puede que algún día acabe matándolo. Ese día iré a buscarte. Estaremos juntos. No es más fuerte que yo.

Amelia no le escuchó, pero eran demasiadas palabras y ningún gesto de pisar la escala. La niña dio un paso y se metió en ella.

—¿Papá?

Se paró con un pie delante y otro detrás, echó los brazos rígidos hacia él, manteniendo la rectitud compulsiva, mientras una sombra cruzaba la sonrisa, los ojos felices y se quedaba allí como un pájaro que mueve las alas, pero no vuela, no sabe irse.

—No vengas. No puedes venir. No hagas eso —dijo él retrocediendo con las manos puestas como una pantalla.

La niña dio el paso que le faltaba para llegar al pie adelantado. Borrada la sonrisa, casi sin ojos, marchándose a una oscuridad distinta de la que veían.

—No puedo verte así. Regresa. Nos encontraremos.

Dio media vuelta, pero se quedó sin moverse, con

el cuerpo encogido de frío, la cabeza entre los hombros, las manos metidas en el regazo.

—No quiero verte.

—¿Papá?

Se tapó los oídos.

Todavía permaneció en la postura de frío y en el sitio más de lo que su dolor aguantaba. Parecía estar demostrando —si no fuera por el empequeñecimiento brutal— que no escuchaba a su hija si se tapaba los oídos, que no la oía aunque estuviera cerca, que podía quedarse si quería.

Echó a andar con las manos sujetando la cabeza, dando los tumbos de un vértigo que al final le había traspasado y herido en lugar de la voz de la niña.

Llegó a caerse, pero las manos no se despegaron de lo que cegaban. Hasta que llegaron al agujero que esas manos habían cavado antes y lo cubrieron con la guerrera.

Se sentó en el fondo, sordo mientras las voces de la niña subida en la escala se repetían en la llanura y rozaban el agujero cubierto.

—¿Papá?

25

—No has cruzado, no puedes engañarte —el viejo se movía de un lado a otro, hacía amagos, se quedaba quieto—. No puedes engañarte. Lo sabes todo. ¿Qué puede decirle nadie al que ya se conoce?

Se escuchaba el silbido de un aspa en el aire.

—Matarás. ¿No has dicho eso? ¿A mí, Martin? Entonces pasarás y estarás con los tuyos. Sólo entonces —el aspa debió acercarse, el viejo se agazapó mirando hacia arriba—. Pensaste deprisa. Así nunca tendrás que cruzar. Tú no puedes matarme. Pero he llegado a ver cómo creías tu propia excusa.

La franja oscura planeó sobre el que hablaba y se estrelló en el hombro que había esquivado a medias. El cuerpo saltó en la dirección del golpe y cayó a un par de pasos. Al otro extremo de la franja estaba el soldado, con ojos helados y una expresión instintiva.

El viejo volvió a mirarle desde el suelo, levantándose. Aparecieron las marcas en la mandíbula y la repugnancia rabiosa del contacto.

—El cobarde que ha crecido del cobarde, el enano a hombros del gigante. El cobarde que no se atreve a vivir sin dolor. Que se defiende de la felicidad como nunca se defendió de su desgracia.

La cara de Martin ya era incapaz de variaciones: una especie de máscara a la que servía. Avanzó y volvió a descargar el cinturón lleno de aquel polvo. No le acertó, pero el otro rodó para protegerse de golpes que se encadenarían.

—No puedes engañarte. ¿Qué harías tú sin que te hicieran daño? ¿De dónde te alimentarías? Huye del reposo, amigo. Huye de los que te aman. Nadie huye mejor que tú.

Fue un grito congelado, un sonido que salió de la boca del soldado ya roto, sin descomponer, ni siquiera corregir, lo que ya estaba escrito en esa cara.

El viejo se lanzó al lado contrario con un movimiento de pez al escurrirse. Al pegar en tierra, el cinturón levantó una humareda pequeña junto a los pies del cuerpo zafado.

El soldado miró la hebilla perdida en el suelo. Luego movió la cabeza hacia el extraño, caído y que se revolvía para tenerle otra vez de frente. El brazo armado hizo el gesto de sacar algo del bolsillo contrario. Pero apareció por encima de la cabeza y el cinturón siguiéndole como una estela. No dio tiempo a que el caído le enseñara su asco. El cinturón le buscó deprisa, muchas veces, acertando. Las quejas sonaron igual que bufidos, no como dolor, echando fuera algo más que aire.

Martin se fue encima del cuerpo que se había ido encogiendo y refugiando sin conseguir levantarse. Se lanzó con el cinturón agarrado como una presa y cayó cerrándolo. Pero no encontró el cuello para llenarlo. El viejo había rodado otra vez mientras Martin saltaba a buscarle.

Los dos quedaron tendidos y mirándose. El extraño se abrazaba boca arriba, con la camisa desgarrada y señales oscuras, pero la cabeza levantada y vuelta hacia el soldado —los ojos despojados clavándole en la distancia y la presión de la carne tocaba subiendo hasta los labios—. Martin estaba de bruces, con la correa cogida delante de la cara y también la mirada midiendo. Durante ese momento, que no era más que un intervalo, las caras se parecieron en la expresión superior a su forma, en el propósito que las vaciaba y en la sensación de que detrás de esas caras no había nadie y, si lo había, sería un esclavo de aquel vaciamiento, de aquel propósito —habían llegado a parecerse en el momento en que compartieron la misma hostilidad.

El soldado dio un giro completo y el cinturón salió por el revés a buscar al otro. Consiguió cazarle, sonó otro bufido, pero el arma se quedó atrapada allí dentro. El extraño estuvo más rápido. Dio un tirón volcándose hacia el lado que le alejaba de Martin y Martin soltó el arma después de sentirse arrastrado. El otro vio el cinturón en su poder, echó un vistazo por el rabillo, se incorporó deprisa y corrió hasta una distancia en la que pudo volverse y amenazar con el arma robada.

Martin no hizo nada. Se quedó contemplando lo que hacía el enemigo con una paciencia fría, endurecida como lo demás, hasta ver en qué terminaba.

El extraño estaba de pie y con el cinturón levantado, pero eso no pareció un gesto de ataque, ni nada inminente. Parecía la pose rígida que protegía un espacio. Tampoco una tregua, sólo la conciencia de un acoso y de un contacto que repudiaba por encima de la victoria o de la derrota, de las heridas y de la humillación. Con la desesperación que había conseguido escapar por el momento de roces, golpes y asedios.

Primero vio a Martin tomar impulso a cuatro patas y coger velocidad en esa postura. Después elevar el tronco y lanzarse sobre las dos piernas en un salto sin piernas ni brazos. El extraño soltó el golpe, pero antes habían chocado y en una fracción inmóvil de ese choque, el cuerpo del extraño se doblaba en el aire con el cinturón en la espalda del soldado y el soldado entraba hasta el fondo del cuerpo doblado igual que un proyectil, enroscado y las esquinas de los huesos por delante.

Ninguna fuerza se llevó a la otra. El choque las sujetó en una altura y luego las expulsó a los lados con el mismo empuje. Las cartucheras se quedaron en una tierra de nadie y divisoria.

El soldado sacudía la cabeza, de rodillas, buscando el equilibrio en puntos del suelo, mientras el extraño izaba el cuerpo de costado, con dos brazos de fibras hinchadas, y observaba el final de piernas juntas en una posición irregular como si se hubieran quedado dormidas.

Antes de que estuviesen despejados, ya se arrastraban hasta el cinturón. Lentamente, como si fuera el cinturón quien les traía con una mano invisible.

Lanzaron los brazos al mismo tiempo, pero no al cinturón que había debajo, sino a la cara que les había mirado cuando llegaban al cinturón. Quedaron trabados en un nudo de manos que repelían el mismo rostro que acercaban y que desfiguraban. Ese nudo, tras tiempo de tensión y de cierre, acabó atrayendo los cuerpos, que se quedaron juntos y de rodillas. Se observaron a través de lo que cada uno rompía o escondía del otro con dedos, puños y brazos, con las caras tocándose: la rabia de verse aumentó las ganas de dañar y romper. Arañaron y golpearon lenguas, dientes, orejas, metiéndose hasta el revés de la piel. Se vieron en los ojos del otro y encontraron su parecido en la superficie del mismo dolor.

Aflojaron al tiempo, esta vez no salieron despedidos, sino que parecían despedirse en un debilitamiento que se derramaba por encima de ellos, aplastándolos poco a poco, hasta que las caras y el nudo se quedaron cerca del suelo y las manos resbalaron de la cara a la nuca, a los hombros y finalmente abajo.

Cada uno retrocedió entonces a un sitio donde tocar las heridas. No hubo intentos de quedarse con el cinturón, ni de interrumpir la retirada.

No tenían necesidad de tocarse: podían comprobar en el adversario lo que estaba desgarrado, los restos abultados, las hendiduras y las brechas, las máscaras ahora de sangre, con lados espesos y lados torrenciales, que ya no les dejarían ver el rostro hasta después de mucho.

Martin empezó a levantarse antes. Cuando lo hizo del todo, el cuerpo no estaba derecho. La cabeza y el tronco se torcían, dolidos o fracturados cerca del pecho o más arriba. Miró por ojos semicerrados al extraño que yacía ocultándose con las manos, una pierna encogida y oscilando igual que un péndulo de dolor.

Pisó el cinturón y se arrugó como si fuera a cogerlo. Se paró a medio camino y se quedó pensando en ese gesto inacabado. Sin enderezarse, la pierna hizo un movimiento de coz y el cinturón saltó hacia atrás.

El extraño le estaba observando. Había separado las manos sin terminar de quitarlas de la cara destrozada, apartando una cortina o concentrando algo que se disolvía en órbitas de sangre. Lo único que pudo incorporar fue la cabeza, que aguantó viendo al otro acercarse.

—No puedes matarme y lo sabes —dijo con una convicción tan tocada como sus miembros.

Nada del soldado le contestó.

—No podrás.

Martin miró primero sus pies y luego el cuerpo tendido. Después se dejó caer encima del extraño. El extraño trató de apartarle con una fuerza sin puños, arañando y quitando.

Le sujetó por las muñecas y bajó a su cara. No era

distinta. Buscó con los labios hasta encontrar los otros labios. Sintió el aire del otro que le expulsaba y le escupía. Apretó los suyos hasta el fondo, hasta los dientes y las venas. La cabeza que se sacudía no estaba escapando del beso. No escaparía.

Quizá pensó que podría tenerle así el tiempo que quisiera, tanto tiempo como había estado dispuesto a esperarle y en la imagen de ese tiempo —de ese beso que dolía más que cualquier violencia y que buscaba lo íntimo— aflojó un poco los labios.

El extraño pudo sentir la libertad escasa que al menos ya no le aplastaba contra el suelo y en esa libertad mover la boca contra lo que podía volver a quitársela. Sus dientes se clavaron hasta el final. El soldado se los quitó tirando de su propia boca y dejando un resto en la otra.

Se llevó las manos a la boca desgarrada. Miró a un cielo que no le veía y se despegó del cuerpo que tenía debajo, andando de rodillas hasta salirse. El extraño dio vueltas, se detuvo y empezó a arrastrarse hacia el río.

—No puedes engañarte —iba diciendo adonde no le escuchaban—. Nadie huye mejor que tú. Ten cuidado si es verdad que puedes vencerme. Me necesitas. Siempre te has escondido y ahora te escondo yo. ¿Quién abandonó a Abdellah en el puente? ¿Quién olvidó el pecho de Salima? ¿Obedecí yo a un padre al que no creía? ¿Quién se casó con Elisa? ¿Amelia viviría siempre?

El cuerpo del extraño se desplomó. Levantó una máscara de tierra que buscó el río.

—¿Y el pelotón del zoco? Conocías ese zoco —dijo, escupiendo débilmente la arena de la boca—. El sitio donde no quisiste esconderte el día que empezaste a esconderte de todo. El sitio donde quisiste morir, pero no solo. Un pelotón. ¿No habías aprendido nada y eras coronel?

Continuó arrastrándose hacia un río que se estaba

yendo lejos. Detrás de él, el soldado se agarraba la boca y comenzaba a perseguirle moviendo las rodillas en un esfuerzo igual de lento y de imposible.

—Yo te di el dolor. Necesito el dolor. Está bien. Pero yo no soplé en tu oído ciegas esperanzas. ¡Yo, no!

Se agitaban sin avanzar, luchando contra una fuerza que salía de sus costados y que parecía indiferente a la presencia que iba delante o detrás. Como si la lucha se hubiera reducido a lo que cada uno llevaba y allí un extraño peleara con el extraño que acababa de llegar.

—¿Qué duele más, mi dolor o tu esperanza?

La línea del día salió del horizonte, iluminando a los ensangrentados que peleaban contra sí mismos mientras se perseguían.

—Quizá me has vencido. Es todo lo que vas a tener. Yo no te esconderé más.

Y con un último esfuerzo, igual de inmóvil que los otros, el viejo rozó el agua con los dedos.

26

Aquellas noches y días trascurrían por encima de la guerrera sin tocar nada del agujero, ni del hombre en el agujero. Una penumbra invariable y un soldado invariable, sentado en el fondo, mirando a la pared y olvidando su cara.

Quedaban lejos —en aquel tiempo sin paso y estancado— los días de sueño y las noches de combate. Por lo menos, allí había podido verse: en aquel Martin que rodaba por el mundo, en las pupilas hostiles del extraño. Era así y de esta forma, crecía, dolía, golpeaba y era golpeado. Tiempo, partes. Ahora, no. Ahora era siempre ahora.

De vez en cuando —intentando romper aquella eternidad en pedazos iguales, un cierto cálculo con la vez anterior y con las anteriores, perdiéndose, pero imponiendo su certeza de que la cuenta era la misma—, se levantaba, retiraba la guerrera y se ponía a mirar por la rendija.

No ha venido, decía en voz alta para escucharse. Aunque ni la voz, ni lo que decía cambiaban nada del hombre que se escuchaba.

Días y noches. En realidad, penumbra y agujero

donde la cara del extraño era lo único que sobrevivía. Lo último que había desaparecido de entre lo que estuvo alguna vez. Y también lo que todavía era esperado. Se fue quedando sola en la penumbra exterior al agujero, en la otra penumbra de lo demás. La cara del extraño, iluminada en la pared de polvo, casi viva. A veces la veía moverse con gestos que se hacían en la cara del soldado.

Días y noches. Podía ponerse del lado de la cara del extraño y verse sentado en el agujero. Y si se acercaba, veía que era la cara del extraño la que estaba sentada y le miraba a él. Entonces se levantaba, retiraba la guerrera y decía en voz alta: no ha venido. Aunque era precisamente entonces cuando se le olvidaba la cara del que tenía que venir y se preguntaba quién era el que tenía que venir.

Martin, pensaba. Martin va a venir. Le diré que venga desde esta orilla. Y si no viene, entonces cruzaré yo y le traeré. No es más fuerte que yo. No aguantará mucho.

No. Martin vendrá. Y le diré dónde están los que ha perdido. Yo le acompañaré.

Días y noches.

27

Vio la polvareda y el techo de luz. Lo vio mientras decía: no ha venido. Regresó otra vez a su fondo y aquello se quedó, dentro de su cabeza, en la misma lejanía en que lo había visto. Polvo y resplandor en el origen del horizonte y la bóveda. Tuvo que avanzar dentro de esa cabeza y brillar en los ojos del hombre sentado, para darse cuenta de que se acercaba, de que estaba allí.

Se incorporó, apartó la guerrera más allá de la rendija y descubrió la mancha luminosa que se estaba aproximando a la ribera.

Era como si el suelo se hubiera echado a arder con llamas trasparentes. Quitó la guerrera del todo y descubrió que la luz se había detenido a lo largo de la otra orilla, de extremo a extremo, hasta donde alcanzaban los ojos. Una mancha infinita que seguía más allá de donde podía ver y que venía de donde el río empezaba, en la lejanía contraria.

Pero había luz y polvo. Luz que se movía por el suelo, que arrastraba y que dejaba señal de su paso.

Trepó por el agujero y se quedó afuera sin ponerse

de pie, medio arrodillado y las manos protegiéndole del resplandor fuerte que le cegó enseguida.

Cuando la vista se acostumbró, se puso a caminar hacia la orilla. Las piernas le llevaron con un esfuerzo entumecido, venciendo la resistencia de su inmovilidad en el agujero y también la de aquella luz que empujaba la noche, a él con ella, hacia atrás.

Se había detenido justo en el río, pero no era una luz quieta. Por dentro, temblaba. Un estremecimiento continuo de muchas llamas juntas que recorría la orilla como si las llamas trataran de hacerse sitio.

A medida que iba llegando, notó que el temblor se hacía más violento y que sacudía el resplandor de un lado a otro. Al mismo tiempo, dentro del brillo que cavaba una herida en los ojos, empezó a ver líneas de oscuridad, apretándose y cambiando de lugar, moviéndose en el espacio compartido con otras líneas, con su propia inquietud dentro de la marea interminable.

Llegó al río arrastrando los pies, la sensación de una pesadez completa al moverse en la luz que le iluminaba del todo, y las manos por delante, defendiéndole como pantallas.

En el último paso, las manos se cruzaron sobre la cara y los ojos se cerraron. Volvió a abrirlos, pero sólo una ranura que se coló entre los dedos y que fue suficiente para mirar a lo que le miraba desde el otro lado.

Las llamas trasparentes tenían forma de cuerpo y las líneas oscuras las recortaban en el movimiento incesante, cuerpos fundidos en cuerpos, cuerpos dejando sitio a otros cuerpos, retirándose y sustituyéndose en un movimiento de oleaje que venía del fondo de un mar al que no alcanzaba.

La multitud blanca pareció correr entonces hacia el centro que ocupaba el hombre del agujero. Vio cómo se adelgazaban las orillas lejanas, dejando detrás el horizonte de la noche, y se amontonaba la luz enfrente de él, ganando altura igual que una pirámide.

Cerró los ojos otra vez y dio un paso atrás. Más tarde, cuando sintió que el rayo no podía hacer más daño en su cuerpo, después de atravesar los párpados y los tejidos hasta la última fibra, volvió a despegarlos.

Con un dolor que ya no podía superarse, fue buscando —en las caras blancas que le miraban con una atención incrédula, enviadas a un paisaje de estupor donde un hombre se quedaba solo— algo conocido, un gesto, un resto, una señal.

Al principio, pasó de un rostro diferente a otro, pero no tardó en ver lo mismo, repetido muchas veces, como si la vista se hubiera agotado con las diferencias y no le quedaran fuerzas excepto para el gesto atónito, la luz que lo empapaba y el movimiento permanente de los contornos. La misma máscara repartida por la muchedumbre infinita.

La mancha empezó a replegarse. Primero, se extendió uniformemente sobre la orilla, abandonando el centro del escenario con el hombre solo, y luego inició el retroceso sin dejar de mirarle ensanchando la oscuridad que la iba separando de la orilla.

Poco después volvió a ser la polvareda y el techo de luz.

Menos la sombra que se había quedado quieta y que le estaba mirando, casi confundida en la noche dejada por la multitud, vuelta hacia los que se iban, pero detenida y torciendo la cabeza como si tuviera que despedirse de algo de atrás.

Le devolvió la mirada y el extraño, el hombre joven de la primera noche, echó a andar detrás de la multitud con un paso tan fatigado como el del hombre que regresó a su agujero y se sentó en él después de cubrirlo con la guerrera.

Este libro se acabó de imprimir
en Printer, S.A., Sant Vicenç dels Horts (Barcelona)
en el mes de febrero de 1992